L'OCÉAN ET SES MERVEILLES

8ᵉ SÉRIE IN-12.

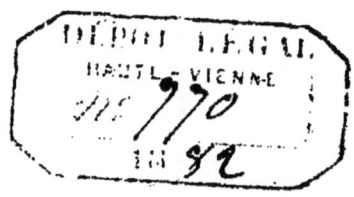

Le Calme.

L'OCÉAN

ET

SES MERVEILLES

TRADUCTION DE L'ANGLAIS

REVUE PAR E. DU CHATENET.

LIMOGES

EUGÈNE ARDANT ET Cⁱᵉ, ÉDITEURS.

L'OCÉAN

ET

SES MERVEILLES

————◦◦◦————

DESCRIPTION GÉNÉRALE.

Si nous aimons à contempler les scènes riantes et variées qu'offre une belle campagne, l'aspect de la nature ne nous paraît pas moins intéressant lorsqu'elle se présente à nos regards revêtue de cette flottante et immense ceinture que nous nommons l'Océan. Quelle magnifique carrière ouverte à notre admiration et à nos recherches ! Parce que ce spectacle ne se montrerait à nos jeunes lecteurs qu'accidentellement, serait-ce une raison pour qu'ils négligeassent de puiser à cette source, avec des connaissances utiles, de nouvelles preuves de la munificence du Créateur? Non, sans doute; et ils trouveront toujours dans un tel exercice de leur intelligence, non-seulement un profit réel, mais une suite de pures jouissances.

L'Océan couvre plus de la moitié de la surface du globe terrestre. Cette étendue frappe d'abord. Peut-être la prévoyance humaine se serait contentée de sources jaillissantes et de grands courants, ou de fleuves alimentés par les vapeurs qui s'arrêtent au sommet des montagnes; mais la Providence divine a voulu que les eaux, outre les sources et les rivières qui les fournissent, appropriées à notre usage, formassent un vaste réservoir qui s'étend d'un continent à un continent, d'un pôle à l'autre. Cet élément liquide et sans consistance se dérobe sous le poids de l'homme, et dans les mers, loin de soulager la soif, il l'irrite par son amertume et sa qualité saumâtre. Quelquefois l'Océan en-

vahit ses rivages, bouleversant et empor-
tant dans ses vagues les travaux qu'on a
osé élever sur ses bords ; puis il en rapporte les débris, comme pour insul-
ter à la faiblesse humaine. Néanmoins,
les désastres qu'il produit ne sont qu'accidentels, tandis que ses bienfaits sont constants et généraux.

L'Océan est donc cette vaste étendue
d'eau qui couvre la surface du globe du
nord au sud et de l'est à l'ouest, de telle
sorte qu'un vaisseau, en avançant toujours, revient, en tournant les obstacles
qu'il rencontre, au point d'où il était
parti. Les continents et les îles sans nombre qu'enveloppe l'Océan n'en interrom-
pent point la continuité. Les mers sont
certaines parties de l'Océan qui emprun-
tent leurs dénominations générales aux
divers pays qu'elles baignent. Les subdi-
visions de ces mers forment les golfes,
les baies, les détroits qui sont figurés sur
nos cartes.

On a calculé que la surface des eaux

répandues sur la terre est d'environ neuf
millions et demi de lieues carrées. Quant
au volume des eaux, il est difficile de
l'évaluer, même approximativement, parce
que, dans beaucoup d'endroits, la sonde
n'atteint pas le fond; mais, en supposant
que la profondeur moyenne de l'Océan
soit d'un demi-mille anglais ou d'un
sixième de la lieue commune de France,
on trouvera, pour la masse des eaux, un
volume de plus de deux millions trois
cent soixante mille lieues cubiques; en
d'autres termes, les eaux de l'Océan
suffiraient pour combler deux millions
trois cent soixante mille citernes d'une
lieue de carré et d'une lieue de profondeur.

Parmi nos lecteurs, il en est sans dout
qui ont visité les bords de la mer, et qui
pour cette raison, se croient en droit de
dire qu'*ils ont vu la mer*. Il serait plus
exact de dire qu'ils en ont vu une partie
infiniment petite. Supposons, dans une
campagne, une pièce d'eau de forme irré-

gulière d'environ une demi-lieue en longueur et en largeur; quelques fourmis se
promènent sur le sable du rivage; là,
elles s'avancent sur un petit cap où l'eau
vient baigner leurs pieds : pensez-vous
que, dans cette situation, elles puissent
découvrir une grande partie de la pièce
d'eau? Et cependant, en proportion, leur
vue embrassera plus d'espace que la nôtre
lorsque nous contemplons l'Océan, même
d'un lieu élevé. En effet, le lac peut être
considéré comme une surface plane, tandis que celle de l'Océan est sphérique
comme la terre elle-même; circonstance
qui borne nécessairement l'horizon de
l'observateur.

L'idée de la mer dans son imposante
étendue confond l'esprit, comme l'idée de
l'infini. Loin des côtes, et par un temps
calme, elle offre un spectacle monotone;
mais, dans ses moments de fureur, les
marins associent le sentiment de sa puis-
sance à celui du danger, et, dans nulle
autre circonstance peut-être, l'homme

n'est appelé à faire sur lui-même un retour aussi solennel et aussi religieux.

En général, nous sommes portés à ju-
ger des choses plutôt par ce qu'elles nous
paraissent que par ce que l'étude pourrait facilement nous en apprendre. C'est
ainsi que bien des personnes, qui ne manquent d'ailleurs ni de sagacité ni de ju-
gement, se font l'idée la plus fausse de la
grosseur de la terre. Rien de plus utile
cependant que d'appliquer son intelligence
à la contemplation des scènes naturelles
pour parvenir à les comprendre telles
qu'elles sont en réalité. Ces efforts succes-
sifs, que soutient un intérêt toujours nouveau, celui de la vérité, nourrissent et dé-
veloppent l'esprit, et l'élèvent au-dessus
des futilités au milieu desquelles tant
de personnes passent leur existence en-
tière.

Nous avons vu précédemment que les
eaux de la mer sont salées; ce qui les distingue des eaux de source et de rivière,
qui, en général, n'ont aucune saveur.

Cette propriété a été attribuée à diverses causes : quelques physiciens ont prétendu que de vastes couches et des montagnes de sel gisent au fond de l'Océan ; d'autres pensent que les fleuves, qui, depuis tant de siècles, emportent à la mer les détritus de végétaux et d'animaux qui tous contiennent une certaine quantité de sel, sont les véritables agents de ce phénomène. Dans cette hypothèse, les corps se décomposent par l'action dissolvante des eaux ; l'évaporation ne leur enlève que des parties qui constituent l'eau potable, pour les rendre à la terre sous la forme de pluie ou de courants. Que ces causes agissent isolément ou concurremment, c'est ce que la science n'a pas encore résolu ; mais nous en déduirons cette remarque, que la nature est un vaste laboratoire où tout se combine à l'infini, selon des règles constantes qui perpétuent dans leurs propriétés et dans leur ensemble les œuvres du Créateur.

Si la cause des phénomènes se dérobe

souvent aux investigations de l'homme,
leur fin, c'est-à-dire leur utilité, suffit pour
nous faire admirer la sagesse providentielle. Le sel renfermé dans l'eau de la
mer la préserve de ces altérations nuisi-
bles auxquelles l'eau potable est exposée;
il prévient en outre la congélation de ces
grands réservoirs, si ce n'est sous les latitudes rapprochées des pôles.

Ainsi presque toutes les parties de
l'Océan sont ouvertes à la navigation et
au commerce. Cependant, comme l'eau
de mer n'est pas potable, et qu'elle est
non-seulement nauséabonde mais nuisi-
ble, prise en certaine quantité, les marins,
et même ceux qui sont nés sur mer, doivent se munir d'eau douce.

La disette d'eau n'est pas moins à re-
douter que le manque des autres aliments
on a recours, pour s'en procurer, à différents expédients. On étend des draps pour
recueillir l'eau de pluie ou de rosée; quelquefois on fait bouillir l'eau de mer pour
en utiliser la vapeur. Ce n'est que lors-

que le tourment de la soif devient intolérable que les marins boivent l'eau de mer ; ils savent que la mort s'ensuit immédiatement.

L'aspect général de la mer varie suivant l'état atmosphérique et l'heure de la journée, mais il conserve toujours un caractère de grandeur, soit que le soleil du matin revête d'une teinte argentée le niveau de l'horizon, soit que, près de disparaître, ses rayons brisés par les vagues semblent s'y allumer comme les flammes d'un vaste incendie ; mais rien n'égale la beauté de ce spectacle dans les nuits polaires, lorsque quelque aurore boréale fait briller la surface des eaux d'une transparente et tranquille lumière. La couleur de la mer est ordinairement d'ur gris pâle bleuâtre, mais le moindre souffle de vent, la réflexion du ciel, la présence d'un nuage, celle des animaux ou des végétaux qu'elle recèle, la nature même du fond, lui donnent occasionnellement des teintes qu'il serait impossible d'indiquer avec précision.

Quelquefois elle devient lumineuse; et c'est pendant la nuit que se manifeste surtout ce phénomène. On la voit briller en quelques endroits aussi loin que le regard peut s'étendre; parfois l'eau ne devient lumineuse qu'en se heurtant contre les flancs du navire, ou lorsqu'elle est battue par l'aviron. Dans quelques mers ce spectacle est plus fréquent que dans d'autres; il en est où il se manifeste lorsque certains vents soufflent; il en est enfin où l'on ne l'observe que sur une échelle plus réduite.

Le capitaine Bonnycastle, en remontant le golfe de Saint-Laurent, fut témoin de ce phénomène, mais avec des circonstances tout-à-fait surprenantes. C'était le 7 septembre 1826. A deux heures du matin, le pilote en second vint, tout alarmé, éveiller le capitaine. Le ciel était étoilé, mais tout-à-coup il parut chargé dans une certaine direction, et une lumière soudaine et brillante, res-

semblant à une aurore boréale, sortit de
la mer. Cette lumière était si vive qu'elle
éclairait tous les objets, même jusqu'au
sommet du mât. Le contre-maître, après
avoir donné l'alerte, mit la barre des-
sous, diminua de voile, et mit tout l'é-
quipage à l'œuvre. D'un rivage à l'autre,
la mer était toute lumineuse, et les eaux,
jusqu'alors paisibles, commencèrent à
s'agiter. Les marins de l'équipage affir-
maient qu'ils n'avaient jamais rien vu de
semblable. A cette clarté on distinguait
une foule de gros poissons dont les mouvements rapides semblaient annoncer la
perplexité. Le jour parut et le soleil se
leva; son disque était tout en feu. Le capitaine fit tirer un seau de cette eau;
elle offrait l'aspect d'une masse lumineuse dès qu'on l'agitait avec la main;
on en mit une partie dans un vase découvert; elle conserva pendant quelques
jours, mais à un moindre degré, cette
qualité phosphorescente.

On a essayé d'expliquer la cause de ce

phénomène, que l'on attribue soit à des
myriades de petits animaux dont le corps
a la même propriété que celui du vert
luisant, soit enfin à la radiation de quelque matière phosphorique, telle que celle
qui émane du maquereau et de quelques
autres poissons lorsqu'on les observe pendant la nuit. Dans tous les cas, la radiation, qui augmente par le mouvement im-
primé à l'eau, révèle suffisamment la présence d'un fluide phosphorique. Les marins pensent que lorsque la mer devient
ainsi lumineuse, c'est le signe d'une tempête prochaine.

Quelque intéressantes que soient les
scènes qu'offre la surface de la mer, il est
probable que ce qui se passe dans les profondeurs de ses abîmes exciterait encore
à un plus haut degré la curiosité, si ces
retraites n'étaient impénétrables aux investigations de l'homme. Cependant, à
l'aide d'un appareil ingénieux, on parvient
à dérober a la mer quelques-uns de ses
secrets et même une partie des richesses

qu'elle recèle ou qu'elle avait englouties.
Cette machine s'appelle la cloche du
plongeur.

La propriété de cette machine sera facilement comprise si l'on fait l'expérience
suivante. Placez un morceau de liége sur
la surface d'un bassin rempli d'eau ; faites
plonger dans le liquide les bords d'un
verre renversé, en y renfermant le liége,
qui, à cause de sa légèreté spécifique, flot-
tera à la surface ; enfoncez avec précaution le gobelet, vous verrez le niveau de
l'eau s'abaisser successivement sous le
tube, tandis qu'il s'élèvera à l'entour des
parois extérieures ; dans cette opération,
le liége descendra en même temps que le
liquide qui le supporte, et, malgré l'im-
mersion complète du verre, la partie supérieure du liége n'aura point été mouil-
lée. Le même résultat aura lieu à quelque
profondeur que l'on fasse descendre l'appareil. L'air légèrement refoulé vers le
fond du tube empêche l'eau de monter ; de
sorte qu'une mouche pourrait rester à sec

sur le liége; cependant, l'air ainsi comprimé cesse d'être propre à la respiration;
et dans cette position, tout animal qui ne
serait point rendu à l'air atmosphérique
serait suffoqué en peu de temps. Une coquille de noix mise à flot dans le bassin,
sur sa quille, rendrait cette preuve de la
résistance de l'air encore plus sensible;
le gobelet renversé qui l'enfermerait pourrait être plongé dans le bassin aussi profondément que possible, sans qu'une seule
goutte d'eau entrât dans cette petite embarcation.

On a construit des cloches à plonger
assez spacieuses pour contenir cinq personnes; le nom de ces appareils en indique généralement la forme; cependant on
en a essayé de carrés comme un échiquier.
Le docteur Cothodon descendit, en 1821,
dans un appareil de cette dernière forme;
il était d'une seule pièce de fonte. La partie supérieure, ou le toit, était percée de
plusieurs fenêtres rondes formées d'une
glace très-épaisse et fermant hermétique-

ment. Un tuyau communiquait à la surface de l'eau et à l'intérieur de l'appareil ; une pompe pneumatique forçait l'air extérieur à descendre par ce conduit pour renouveler celui de l'intérieur de la machine. Laissons parler l'expérimentateur : « Nous descendîmes si lentement que nous ne nous aperçûmes du mouvement de la cloche que lorsqu'elle fut plongée dans l'eau ; alors nous ressentîmes autour des oreilles et sur le front une sorte de pression ; mon compagnon souffrit de ce malaise à un tel point, que nous fûmes obligés de nous arrêter pendant quelque temps. Enfin nous recommençâmes à descendre ; je vis mon compagnon pâlir ; ses lèvres surtout étaient décolorées, comme s'il eût été près de tomber en défaillance. Quant à moi, j'éprouvai autour de la tête une forte pression, assez semblable à celle que produirait une couronne de fer, mais sans m'en trouver autrement incommodé. Cependant ma voix cessait d'être sonore, et quoique je parlasse aussi haut qu'il m'était possible, je pouvais à peine en distinguer les sons. »

La pression dont nous venons de parler peut s'expliquer de la manière suivante. Sans la portion d'air qui lui faisait obstacle, l'eau eût nécessairement rempli toute la cavité du tube : l'effort que faisait le liquide pour se mettre de niveau réduisait donc l'air intérieur à un espace moindre que celui qu'il occupait auparavant, et cet air ainsi comprimé exerçait une pression analogue sur les personnes placées dans la cloche : de là le malaise qu'elles éprouvaient. L'une d'elles avait mis dans ses oreilles deux balles de papier; elles pénétrèrent si profondément par l'action de l'air, qu'un chirurgien ne put les extraire qu'avec beaucoup de difficulté. On expliquerait par la même cause pourquoi la voix devenait presque insonore. D'abord l'air pénétrant par l'ouverture de la bouche, gênait les sons à l'instant de l'émission; ensuite la portion d'air qui produisait ces sons affaiblis avait à parcourir un milieu plus dense ; enfin l'organe de l'ouïe, ou le tympan, fortement distendu par une pression constante, devait perdre une grande partie de son élasticité et de ses propriétés de répercussion.

Le docteur Halley, qui descendit dans une cloche à plongeur pour faire des expériences scientifiques, pénétra à une profondeur d'environ cent mètres. Par un beau soleil et une mer tranquille, il pouvait lire et écrire, et distinguer les objets qu'il voulait ramasser au fond. Mais quand l'eau était trouble, il était obligé d'allumer une chandelle, circonstance qui, tout extraordinaire qu'elle paraisse, ne l'est pas plus cependant que de vaquer à des observations scientifiques à trois cents pieds au-dessous du niveau de l'Océan. Il est à remarquer que la mer, qui, vue d'en haut, offre une teinte grisâtre, paraît d'un rouge foncé lorsqu'on la regarde de bas en haut, et qu'elle projette une teinte rougeâtre sur tous les objets. La raison en est que des couleurs primitives dont se compose la lumière, le rouge pénètre seul à cette profondeur. Il est probable que plus bas encore cet effet cesse, et qu'il règne une obscurité totale. Les plongeurs affirment que lorsque les vents amoncellent les vagues à la surface de l'Océan, les eaux du fond restent calmes. Le froid paraît aussi plus intense à mesure que l'on descend, de sorte qu'à une certaine profondeur, il devient intolérable. Ce n'est pas que la température réelle y soit plus rigoureuse que celle des hivers des régions tempérées; mais la pression de l'air en rend l'effet plus sensible.

En général, les cloches à plongeur n'ont été employées que pour sauver des eaux quelques-uns des effets perdus dans les naufrages, ou pour explorer le lit des rivières : opération indispensable lorsqu'on est dans l'intention de construire certains ouvrages, tels que des ponts, des jetées, etc. On a fait usage d'une cloche à plongeur dans la Tamise pour reconnaître l'ou-

La Cloche à Plongeur. (P. 22.)

verture à travers laquelle l'eau avait fait
irruption dans le tunnel.

Nous ne devons pas négliger de signa-
ler à nos jeunes lecteurs un fait remarquable, en ce qu'il semble contrarier les
lois générales de la pesanteur. Les corps
pesants, employés comme sondes, descendent rapidement à partir de la surface
de la mer; mais, au bout d'un certain
temps, leur mouvement de haut en bas
semble cesser longtemps avant qu'ils
n'aient atteint le fond. On en donne pour
raison la pression de l'eau, qui, à une certaine profondeur et en raison de la pesanteur du corps, réagit de manière à le soutenir en équilibre; mais cette explication
ne résiste point à un examen attentif. En
effet, si la pression de l'eau suffisait pour
suspendre des corps pesants au milieu de
l'abîme, il faudrait en conclure qu'il ne
pourrait se trouver au fond de la mer,
dans les endroits que la sonde n'a pu atteindre, que des blocs énormes, tous les
autres corps, tels que coraux, galets, sa-

ble, etc., devant nécessairement obéir à la même loi qui les suspendrait au sein de la mer. Or, personne, je pense, ne voudrait défendre cette assertion. Mais, dira-t-on, pourquoi la sonde cesse-t-elle de descendre, quoiqu'elle n'ait point encore atteint le fond ? C'est que la sonde est composée de deux parties d'une nature bien différente : d'une masse de métal, le plus souvent de plomb, et d'un cordage qui surnagerait à la surface sans le poids qui l'entraîne. Qu'arrive-t-il donc ? La corde oppose une résistance au plomb, et cette résistance étant plus grande à mesure qu'on a laissé filer plus de corde, il doit nécessairement arriver un instant où elle neutralise l'effet de la pesanteur et tient le corps en équilibre. Nos lecteurs pourraient faire cette expérience en attachant une épingle à un bout de fil, et en essayant de faire descendre l'appareil au fond d'une carafe.

Quoi qu'il en soit de la cause, l'obstacle n'en est pas moins réel. Il est des limites

Glaces polaires. (P. 25.)

que l'homme ne pourra jamais franchir; et, de même qu'il ne saurait s'élever en ballon au-delà de certaines limites, faute d'air respirable, de même aussi il lui faut s'arrêter, soit qu'il veuille sonder les gouffres de l'Océan, soit qu'il essaie de creuser dans les entrailles de la terre.

Il est certain, au reste, que la configuration générale du lit de l'Océan ressemble à celle du continent : il s'y trouve des montagnes, des vallées, des collines, des bancs de roc, des précipices, des cavernes et des grottes. Un grand nombre de ces îles dont la mer est parsemée ne sont que les sommets de montagnes que l'eau laisse à découvert. Les parties inaccessibles à la sonde sont sans doute des vallées, ou des fissures, ou des plaines profondément encaissées, tandis que les écueils ou les bas-fonds que l'on trouve près des rivages ne sont que les approches de ces éminences que nous appelons la TERRE.

Dans les régions polaires, la mer se présente sous un aspect qui diffère entièrement de celui qu'elle offre sous les autres latitudes. La glace y flotte sous la forme d'îles ou de montagnes. Quelques-unes de ces masses surpassent en étendue un grand nombre des îles figurées sur nos cartes ; il en est qui s'élèvent à plus de mille pieds au-dessus du niveau de la mer, et qui ont plusieurs lieues d'étendue. Plus généralement, elles se succèdent, et forment comme une chaîne sur un espace de plusieurs degrés. Les marins redoutent bien plus les glaces à fleur d'eau que celles qui s'élèvent au-dessus de la mer : il est possible à un vaisseau d'éviter ces dernières, qu'on aperçoit de loin ; mais il peut se trouver surpris au milieu des autres, et y être retenu assez longtemps pour que l'équipage périsse de faim, ou être brisé en mille pièces entre ces masses flottantes.

Une montagne de glace est ordinairement d'un vert pâle ; quelquefois elle prend une teinte grise ou noirâtre. Cette glace est mélangée de terre, de pierres et de broussailles détachées du rivage. On trouve fréquemment sur les escarpements de ces vastes glaçons des nids d'oiseaux avec leurs œufs, quoiqu'à une distance considérable de la terre. Ils n'ont probablement atteint une telle hauteur que graduellement, les neiges et les pluies s'y congelant sans cesse; et quelques-uns sont peut-être aussi anciens que le monde. Nous aurons ocasion de revenir sur ce sujet.

CHAPITRE I.

Des Mouvements de la Mer et de leurs Effets.

On a tout lieu de croire que, si l'Océan était privé de ses mouvements périodiques, il deviendrait bientôt, malgré le sel dont il est imprégné, une masse d'eau insalubre. Les marins ont remarqué qu'à la suite d'un calme de plusieurs jours, l'eau de la mer commençait à se corrompre, et que ses exhalaisons n'étaient pas sans danger pour l'équipage.

Les mouvements imprimés aux eaux de la mer sont donc nécessaires. Aussi la Providence a voulu que quelques-uns fussent constants, les autres accidentels. Ces déplacements prennent les noms de *marée*, de *courants*. Il en est que produit le vent, soit qu'il ride légèrement la surface des eaux, soit qu'il les soulève en vagues immenses. Il y a encore les tourbillons, les jets d'eau, les tremblements de terre au-dessous du lit de l'Océan, l'évaporation qui a lieu à sa surface, et le tribut continuel que lui rapportent les nuages et les fleuves.

Il n'est pas rare de voir la mer franchir ses limites, abandonnant une partie de son domaine pour envahir de nouveaux rivages. A la suite de révolutions sous-marines, des îles surgissent tout-à-coup, tandis que d'autres disparaissent. Nous considérerons séparément ces divers phénomènes.

Les eaux de la mer, obéissant à une force invisible, mais constante, s'avancent pendant un certain nombre d'heures du sud au nord. Tant que dure ce mouvement de progression, elles s'enflent et s'élèvent assez sensiblement pour arrêter à leur embouchure l'écoulement des fleuves.

Cette première phase de la marée, qu'on appelle *marée haute, marée montante* ou *flux,* dure pendant six heures. Au bout de ce temps, la mer semble rester à l'état de repos durant un quart d'heure environ ; après quoi les eaux redescendent pendant six autres heures, et les fleuves reprennent leur cours. Cette seconde phase, périodique et régulière comme la première, s'appelle *marée descendante, marée basse* ou *reflux.* Ce mouvement est encore suivi d'un quart d'heure de repos, après lequel le *flux* recommence, et ainsi de suite alternativement. On voit que la mer avance et recule deux fois par jour, mais pas exactement à des heures correspondantes, à cause des repos alternatifs : de cette sorte que les marées du jour sont en retard d'environ trois quarts d'heure sur celles de la veille.

A quel pouvoir, à quelle influence attribuerons-nous ce phénomène? L'action des vents lui est étrangère : il faut donc chercher une autre cause. Rappelons-nous que la terre tourne exactement sur elle-même en vingt-quatre heures. Ainsi, ce mouvement de rotation ne correspond point au déplacement périodique des eaux. Voyons si la lune ne nous donnerait pas le moyen de résoudre le problème. En effet, un jour lunaire est précisément de douze heures quarante-huit minutes, c'est-à-dire que cet astre est chaque jour en retard de quarante-huit minutes avant d'atteindre le même point apparent du ciel où il a été observé la veille. Nous voyons donc qu'il y a pour le temps une correspondance parfaite entre les mouvements lunaires et ceux des marées. On a observé en outre que les effets de ces marées varient suivant les différents aspects de la lune. Ces rapports suffiraient pour nous faire admettre, en ce qui regarde le flux et le reflux, l'influence de notre satellite, quand même d'autres causes ne viendraient pas à l'appui de cette déduction. La loi de la pesanteur, qui fait que nos corps tendent vers la terre, étant générale dans la nature, il

3

en resulte que la lune attire les eaux de notre planète malgré l'éloignement, et que l'attraction terrestre ne suffit pas pour neutraliser entièrement cet effet.

L'eau, par sa nature, est particulièrement propre à manifester les effets de cette influence; réunie en volume considérable, elle cède à l'attraction de la lune, et s'élève ou retombe, selon que le mouvement de la terre la soumet ou la dérobe à l'action attractive de cet astre. Le soleil, quoique éloigné de notre globe d'environ trente-quatre millions de lieues, conserve néanmoins une certaine force d'attraction; et lorsque le soleil et la lune sont, par rapport à la terre, dans une même direction, les marées sont plus considérables.

La Méditerranée, la mer Noire et d'autres réservoirs encaissés dans leurs rivages, ne sont point soumis aux phénomènes des marées au même degré que les grandes mers. Aussi les anciens, qui naviguaient rarement dans l'Océan, ignoraient

les effets du reflux; et la surprise des sol-
dats d'Alexandre dut être grande, lorsqu'ils virent les eaux de l'Indus, à son
embouchure, s'élever et s'abaisser alternativement d'une trentaine de pieds.
L'effet des marées est surtout sensible
quand l'embouchure des fleuves est considérable, et que leur courant a la même
direction que la mer elle-même. A Chep-
stow, dans le Monmouthshire, la marée
s'élève à une hauteur perpendiculaire de
soixante pieds.

La mer a des mouvements d'une autre
nature qu'on appelle courants. Ils coulent
dans toutes les directions et doivent naissance à différentes causes, telles que la
proéminence du rivage, l'espace resserré
des détroits, les variations des vents et
l'inégalité du fond. Souvent les courants
offrent de grands dangers aux marins,
soit qu'ils les entraînent insensiblement
loin de leur direction, soit qu'ils les portent contre des écueils. Sur les côtes de la
Guinée, si un vaisseau dépasse l'entrée

d'une certaine rivière, il est empêché par
le courant de s'en rapprocher, de telle
sorte qu'il est obligé de prendre le large
et de faire un grand circuit pour revenir
au point dont la dérive l'avait éloigné.
Les courants les plus remarquables sont
ceux qui règnent dans la Méditerranée,
au détroit de Gibraltar, et à l'issue de la
mer Noire, lorsqu'on entre dans l'Archi-
pel. Outre les eaux qui se déversent ainsi
dans la Méditerranée, cette mer reçoit encore des fleuves considérables, comme le
Nil, le Rhône et le Pô; et cependant elle
n'a point d'écoulement connu, et cet accroissement continuel ne lui fait point
submerger ses bords. On a essayé de rendre raison de ce phénomène, et on l'explique par des circonstances probables. On a
supposé qu'il se trouvait dans cette mer
des courants sous-marins, ou que les eaux
s'en déversaient par des conduits souterrains. On raconte qu'un Arabe, qui avait
pris un dauphin dans la Méditerranée, at-
tacha à ce poisson un anneau de fer et lui

rendit ensuite la liberté. Quelque temps
après, on prit dans la mer Rouge un dauphin que l'anneau fit reconnaître pour être
le même. Mais comme rien ne peut établir la véracité de ce récit, il faut s'en tenir aux conjectures.

Les courants les plus dangereux sont
ceux qui tournent autour d'un point cen-
tral, et forment une espèce d'entonnoir où
tout ce qui flotte est entraîné dans un
abîme : c'est ce qu'on appelle un tourbillon. Celui de Maelstrom, sur la côte de la
Norwége, est réputé le plus terrible. La
masse d'eau qu'il déplace forme un cercle
de quatre lieues de circonférence. Au milieu s'élève un rocher contre lequel, à la
marée montante, les flots viennent se
briser avec une assez grande violence :
alors le tourbillon engloutit immédiatement tout ce qui se trouve dans sa sphère
d'activité, arbres, charpentes, navires. Ni
l'effort des rames, ni les manœuvres ne
peuvent soustraire les navigateurs à ce
péril. Le pilote s'aperçoit bientôt que le

bâtiment marche dans une direction con-
traire à celle qu'il doit suivre ; le mouvement du vaisseau, d'abord assez faible,
devient de plus en plus rapide ; il décrit
des cercles de plus en plus petits, jusqu'à
ce qu'il aille se mettre en pièces contre les
rochers pour disparaître entièrement, si
ce n'est lorsque le reflux en rejette les
débris. Les animaux eux-mêmes ne peuvent se soustraire à la voracité de ce tourbillon ; on en a vu lutter et pousser des
mugissements terribles à l'approche du
gouffre, comme s'ils avaient le sentiment
du danger : c'est ce qui arrive fréquemment aux ours qui essaient de passer à la
nage dans l'île voisine pour y dévorer le
bétail. On assure que le bruit du tourbillon de Maelstrom ressemble à celui du tonnerre.

La nature et la position géographique
de ces écueils étant connues, les navigateurs peuvent les éviter ; mais souvent ils
ont à lutter contre les mouvements irrégu-
liers de la mer que lui impriment les vents

Tempête. (P. 37.)

et les tempêtes. Si la force du vent déra-
cine de grands arbres et renverse les édifices les plus solides, combien ne doit-elle
pas être terrible lorsqu'elle s'exerce sur
l'Océan! Elle amoncelle vagues sur vagues, et creuse des gouffres sans fond à
côté de ces montagnes liquides; les mâts,
les voiles, les agrès, sont souvent arra-
chés et mis en pièces, le vaisseau est renversé sur le côté; et, dans ces moments
terribles, il semble qu'un miracle seul
puisse arracher l'équipage à une destruction certaine.

Cependant, les tempêtes, même les plus
violentes, n'effraient guère les marins
expérimentés, pourvu qu'ils soient en
pleine mer et qu'ils n'aient point à craindre les rochers, les écueils et les bas-
fonds. Le bâtiment peut être suspendu,
presque au même instant, au sommet
d'une vague et descendre dans les profondeurs de l'abîme; il peut être comme
submergé dans l'écume des flots, et cependant résister à toutes ces épreuves,

parce que l'eau cède en l'assaillant ; mais
lorsqu'il est porté de tout son poids contre
un roc, ou bien lorsqu'il est dans une position à devenir un obstacle aux vagues,
sa perte est indubitable et prompte. Les
écueils et les récifs ou roches à fleur d'eau
occasionnent le plus grand nombre des
naufrages. A ce propos, nous rapporte-
rons à nos jeunes lecteurs les relations
suivantes, qui ne pourront manquer de
les intéresser.

Il y a déjà bien des années, le gouvernement anglais avait envoyé le vaisseau
la *Bonté* dans la mer du Sud pour y chercher quelques plants de l'arbre à pain qui
croît à Otahiti ; il devait les transporter
dans les colonies anglaises des Indes occidentales. Les arbres étaient embarqués,
et le vaisseau cinglait vers sa destination,
lorsque l'équipage se mutina, et força le
capitaine, avec dix-huit hommes, d'entrer
dans une chaloupe. On abandonna ces
malheureux à leur sort. Le poids de leur
corps, celui des objets qu'on leur avait

permis de prendre avec eux, mettaient
l'embarcation en danger d'enfoncer à la
moindre agitation de la mer; la terre la
plus voisine où ils pussent espérer du secours était à quinze cents lieues de distance ; et en calculant le temps nécessaire
pour faire cette traversée, leurs provisions
se bornaient, pour un jour et par tête, à
une once de pain et à une demi-chopine
d'eau; par extraordinaire, ils pouvaient
encore prétendre à un peu de viande de
porc et à quelques gouttes de rhum. Avec
de si faibles ressources, il était probable
qu'ils ne pourraient supporter les fatigues
d'une si longue navigation. Quand ils
prenaient à la main quelque oiseau, on
le partageait en dix-neuf portions que l'on
dévorait toutes crues. Cependant ils par-
vinrent à aborder dans l'île de Timor, où
ils trouvèrent toutes sortes de secours
dans les établissements européens qui
leur fournirent les moyens de retourner
en Angleterre.

Cependant les mutins s'étaient étabiis dans une des îles de la Société, où la loi anglaise ne tarda pas néanmoins à les atteindre. A leur retour à Londres, quelques hommes de l'équipage de la *Bonté* portèrent leur plainte, et le gouvernement envoya la *Pandore* à la recherche des révoltés. Le voyage de ce vaisseau fut presque aussi désastreux, quoique par des causes différentes; le capitaine réussit à s'emparer de quatorze des criminels, mais il fit naufrage à son retour, sur la longue chaîne de récifs qui s'étend sur la côte orientale de la Nouvelle-Hollande, et dans le voisinage desquels les courants sont ordinairement d'une grande violence.

La trombe est une autre espèce de phénomène qui se manifeste plus rarement en mer, et dont l'effet peut être funeste aux navigateurs. On voit d'abord se former comme un nuage épais, blanc à sa partie supérieure, et d'une teinte sombre en-dessous. Une espèce de tube ou de colonne en descend, en diminuant de vo-

lume vers la base. Ce cône tourne rapidement sur lui-même avec un bruit qui parfois ressemble à celui d'un moulin. Une
trombe dure jusqu'à ce qu'un coup de
vent, ou quelque autre cause accidentelle,
vienne la briser ; alors l'eau, qui s'était
élevée en bouillonnant, retombe tout-à-
coup avec une force suffisante pour submerger le vaisseau qui se trouverait à sa
base. Quand les marins aperçoivent de
loin une trombe, ils tirent sur elle un coup
de fusil chargé de chevrotines, ce qui dis-
sipe au même instant le phénomène. Cet
effet peut être attribué à l'air qui, tournant
en colonne cylindrique, agit sur l'eau
comme le ferait une pompe aspirante ; on
comprend que lorsqu'une rupture dans le
tube y laisse pénétrer l'air extérieur,
l'eau, obéissant à la loi générale de la pe
santeur, doit retomber dans la mer.

Quelquefois la mer abandonne une certaine étendue de ses rivages pour envahir
d'autres domaines : une grande partie du
continent américain annonce que les eaux

y ont fait un long séjour; les vastes plaines qui s'étendent dans la Russie méridionale, au nord et à l'est de la mer Caspienne, sont couvertes de plantes marines, ce qui fait supposer qu'à la suite de quelque grande inondation, la Méditerranée, la mer Noire et la mer Caspienne formaient un vaste lac d'où les cimes du Caucase s'élevaient comme des îles.

Les tremblements de terre agissent quelquefois au-dessous de l'Océan, et les éruptions soulèvent au-dessus de la surface les matières qui étaient cachées au fond de l'abîme. Les mêmes causes font refluer les eaux de la mer sur quelques parties du continent.

En 1831, on vit s'élever tout-à-coup une île sur les côtes de la Sicile. Elle était remarquable par la hauteur de ses escarpements, d'où s'échappaient des vapeurs et de la fumée. C'était problablement le cratère d'un volcan formé par quelques feux souterrains. Au bout de plusieurs mois cette île s'enfonça peu à

peu, et aujourd'hui elle forme un écueil
à quelques pieds au-dessous de la surface
de l'eau. Plusieurs pays habités ont été
conquis sur les domaines de l'Océan. Tel
est le sol de la Hollande. Cependant la
mer ne manquerait pas de le couvrir sans
les digues et les jetées qui la retiennent
dans ses limites. La surface de la terre
est en général au-dessous du niveau des
eaux ; aussi, lorsqu'on approche des côtes,
elle paraît s'enfoncer comme une vallée.
Quant au sol de la Hollande, il semble s'é-
lever d'année en année, exhaussé par les
détritus que charrient les rivières et
par les travaux de l'homme. Les inonda-
tions sont un des fléaux les plus terribles
de la nature ; quelquefois elles engloutissent des provinces entières; des villages,
des bourgades ont ainsi disparu, laissant
paraître au-dessus des eaux le toit des
édifices et les flèches des clochers en té-
moignage de leur désastre. Au onzième
siècle, les propriétés du comte Godwin,
dans le pays de Kent, ont été entièrement

submergées. En 1546, les eaux ont fait périr environ cent mille personnes dans le territoire de Dort, et un nombre plus considérable encore aux environs de Dullast. Dans la Frise et la Zélande, plus de trois cents villages furent engloutis, et il y a quelques années, quand le temps était serein, on pouvait encore en distinguer les ruines au fond de la mer.

CHAPITRE II.

Herbes marines.

Parmi les productions de l'Océan, il en est qui ont embarrassé les naturalistes. Sont-elles douées d'existence? sont-elles formées de créatures vivantes? faut-il les ranger parmi les végétaux, ou forment-elles une classe qui sert de transition entre le règne animal et le règne végétal?

Si nous examinons le fond de la mer dans certains endroits, et particulièrement à l'embouchure des rivières, nous y distinguerons comme une forêt d'arbres, comme des millions de plantes poussant leurs rameaux dans toutes les directions, les entrelaçant, et quelquefois si serrées

les unes contre les autres, que la navigation en est obstruée. Les bords du golfe
Persique, la plus grande partie de la mer
Rouge, et les côtes occidentales de l'Amérique, abondent tellement en coraux, que
les bateaux et les nageurs ont beaucoup
de peine à y avancer, tandis que les vaisseaux ne le peuvent faire qu'en brisant
l'obstacle. Ces bosquets sous-marins varient à l'infini dans leur aspect; quelquefois les plants de corail s'élèvent comme
des arbres dépouillés de feuilles, parfois
ils s'épanouissent en éventail ou offrent
l'aspect d'un fagot de broussailles. Il en
est qui ressemblent à un végétal orné de
feuilles et de fleurs, tandis que d'autres
représentent la ramure d'un cerf.

Dans certaines parties de la mer on
trouve des éponges de différentes espèces,
présentant les formes les plus bizarres,
telles que des champignons, des mitres,
des couronnes et des vases. Ces productions semblent appartenir au règne végétal, et on en a vu pousser des branches

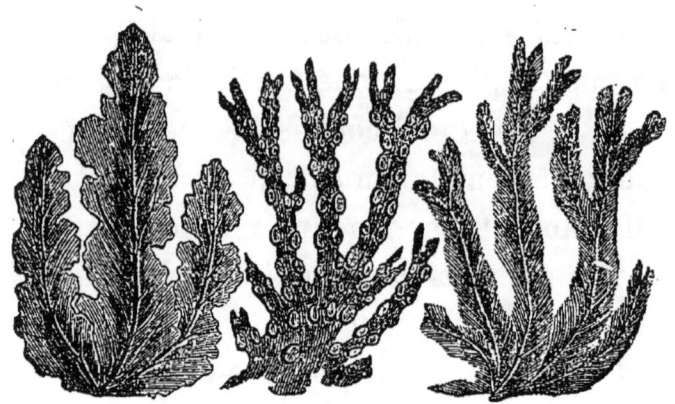

Herbes marines. (P. 45.)

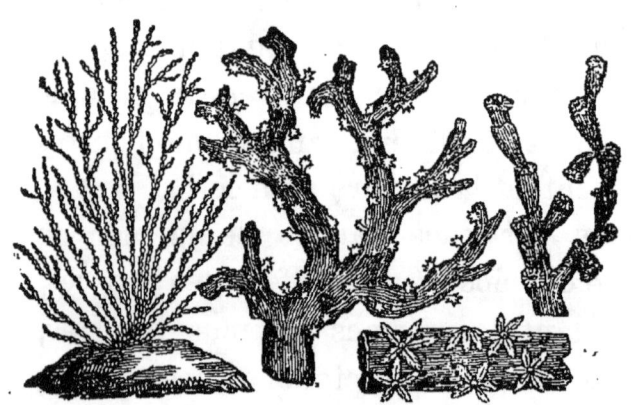

Coraux. (P. 47.)

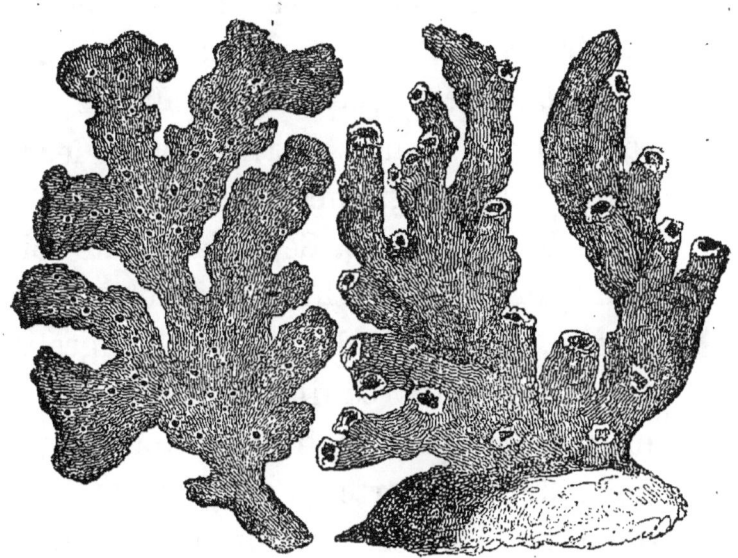

Éponges. (P. 50.)

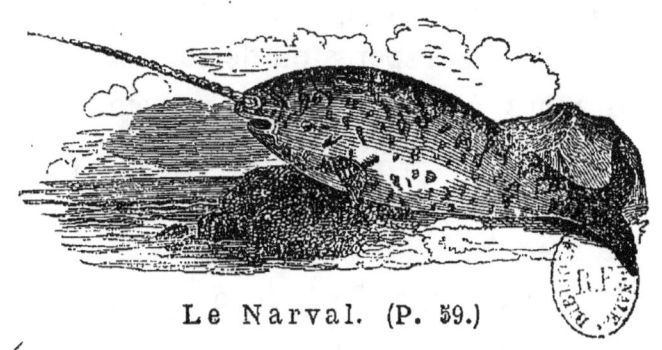

Le Narval. (P. 59.)

dans l'espace d'une année. Les naturalistes ont cru longtemps qu'ils pouvaient ranger ces substances parmi les productions végétales; plusieurs ont affirmé que c'étaient des plantes marines ayant leurs fleurs et leurs graines comme celles qui croissent sur la terre. Cependant cette opinion a dû céder devant un grand nombre de faits, d'où il résulte que les éponges et les coraux sont produits par des animaux qui réunissent leurs travaux microscopiques, de telle sorte qu'ils parviennent à envahir certaines portions de la mer, et qu'ils y forment des îles assez solides pour que l'homme y puisse établir sa résidence. Les récifs, les écueils, qui offrent tant de dangers à la navigation, sont souvent formés de madrépores ou de coraux. Le madrépore à piquants, qui ressemble assez au corail, abonde dans les parages du Sud, et forme des couches immenses au fond de la mer.

Le capitaine Cook et d'autres navigateurs rapportent que ces substances les

ont quelquefois empêchés de prendre
terre, et qu'elles s'étendaient à une distance de plusieurs lieues. Non-seulement
les navires peuvent être jetés sur ces récifs par la violence des vents, mais les
câbles, en frottant contre leurs aspérités
et leurs tranchants, s'usent ou se cou-
pent.

Il n'est aucun de mes lecteurs auquel le
corail ne soit connu, sinon dans sa forme
naturelle, du moins comme ouvragé et
employé à divers ornements. A l'excep-
tion des perles, cette production est peut-
être la plus précieuse que fournisse la mer.
A l'état brut, le corail offre l'aspect d'un
arbrisseau dépouillé de feuilles et dont la
tige, de cinq à six pouces d'épaisseur, est
généralement d'une couleur blanche. Cette
substance est aussi dure que le marbre.

Les animaux qui la produisent appartiennent à l'espèce appelée polypes, et
ils sont eux-mêmes dignes de toute notre
attention. Leur structure a quelque chose
de celle du ver; ils ont un grand nombre

de pieds ou d'antennes partant de la même extrémité, ce qui souvent les a fait prendre pour des plantes. Lorsqu'on les coupe en morceaux, les parties vivent et croissent pour devenir autant d'animaux séparés et complets.

A Marseille, en Corse et en Catalogne, la pêche du corail est très-productive. Les parages de la Méditerranée où l'on exploite principalement cette branche d'industrie sont les côtes de Tunis et de Sardaigne, à l'entrée de la mer Adriatique.

L'Angleterre, il y a quelques années, a conclu, avec les puissances barbaresques, un traité qui lui concède la permission de pêcher le corail sur leurs côtes; celui qu'on en tire se transporte à Malte et en Sicile, où on le travaille en grains et en autres ornements, pour lui donner ensuite différentes destinations commerciales.

La manière de se procurer le corail est extrêmement simple. On emploie à cet effet une machine composée de deux pièces de bois ou de fer attachées en croix,

et autour desquelles flotte un filet fortement tressé. Un poids fait descendre le
tout; et l'on tire la machine le long des
rocs où se trouve le corail; les branches
se brisent et s'attachent au filet, d'où on
les charge dans des bateaux.

Le corail se vend au poids. Les gros
grains valent environ quarante francs
l'once, tandis que ceux d'une plus petite
dimension n'en valent que quatre.

Il y a des coraux sculptés auxquels le
travail ajoute un grand prix; le plus beau
morceau connu dans ce genre est peut-être
un échiquier avec ses pièces, qui se voit
au palais des Tuileries. Pour les ornements
on fait peu de cas des coraux d'une couleur blanchâtre.

L'éponge est également une substance
animale qui se trouve au fond de la Méditerranée.

On la détache des rochers à une profondeur d'environ trente pieds : cette pêche
est confiée à des plongeurs que l'habitude
rend très-habiles. Cette substance croît si

rapidement, qu'il n'est pas rare de trouver des éponges parfaitement formées sur des rochers que peu d'années auparavant on en avait entièrement dépouillés.

Mais les abîmes de l'Océan renferment des objets d'une valeur bien plus considérable; ils ornent les joyaux les plus riches, et jusqu'aux sceptres et aux couronnes. Nous voulons parler des perles que polit la main de la nature, et qui ne donnent d'autre peine à l'homme que celle de les enlever du fond de la mer, circonstance assez périlleuse d'ailleurs pour ajouter beaucoup à leur prix.

Les perles sont des corps presque sphériques, qu'on trouve dans la coquille d'une espèce d'huître ou de moule. La formation en est attribuée à une maladie de l'animal, qui occasionne un calcul ou une protubérance. Les coquilles percées par des vers et celles où l'on remarque des ponctures, sont celles qui contiennent les perles, dont la grosseur varie depuis une tête d'épingle jusqu'à une forte noisette.

4

On trouve des perles dans différentes parties du monde : on en a pêché de très-précieuses sur les côtes de l'Angleterre; mais celles que fournit l'Orient sont les plus recherchées dans le commerce. Un beau collier de perles, un peu plus petites que des pois, vaut de quatre à six mille francs. Le prix diminue rapidement à mesure que les grains sont moins gros. Le roi de Perse possède une perle évaluée à plus de deux millions et demi de francs. Celles qu'on pêche à l'île de Ceylan sont très-estimées.

Il y a deux saisons pour la pêche des perles aux Indes orientales : la première est en mars et en avril; la seconde en août et en septembre. A l'ouverture de la saison, on voit paraître sur la mer deux ou trois cents barques, ayant chacune un ou deux plongeurs. Aussitôt que les bateaux sont parvenus à l'endroit où se trouvent les coquillages, chaque plongeur s'attache une lourde pierre qui doit lui servir de lest, tandis qu'un autre poids est lié à

un de ses pieds pour l'entraîner au fond.
Chacun de ces plongeurs est muni d'un
grand filet, fixé à son cou au moyen d'une
longue corde, dont une des extrémités est-
retenue dans le bateau. Il plonge alors à
une profondeur qui peut aller jusqu'à
soixante pieds. A peine est-il parvenu au
fond qu'il court de côté et d'autre, quelquefois sur les aspérités tranchantes des
rocs, arrachant les coquillages qu'il rencontre et les entassant dans son sac.

Ces pêcheurs voient assez distinctement
pour choisir les coquillages et pour apercevoir les monstres marins, auxquels ils
tâchent d'échapper en troublant la vase.
De tous les périls qui environnent cette
pêche, c'est sans contredit le plus grand.
On prétend que les meilleurs plongeurs
peuvent rester sous l'eau dix minutes,
mais cet effort épuise les plus robustes.
Quand ils veulent remonter, ils tirent la
corde, et on les hisse dans le bateau avec
leur filet, qui contient de cinquante à cinq
cents coquillages; alors on met les huîtres

en tas jusqu'à ce que le poisson périsse et
que la perle sorte de son écaille.

Nous allons dire maintenant quelques
mots des productions végétales de l'Océan.
Des herbes marines sont déposées sur le
rivage à chaque marée; il en est de très-
remarquables, bien qu'elles perdent de
leur beauté lorsqu'elles ne se trouvent
plus dans leur élément. Les variétés des
plantes marines sont très-nombreuses; il
en est que les naturalistes désignent sous
le nom général de *fucus*. Les naturalistes
qui accompagnaient le capitaine Cook ont
découvert une plante marine d'une taille
extraordinaire, et pour cette raison ils
l'ont appelée *fucus giganteus*. Ses feuilles
avaient quatre pieds de long, et ses tiges
un développement de cent vingt pieds. On
en a trouvé depuis qui n'avaient pas moins
de huit cents pieds de longueur.

Le polyschides est néanmoins la plus
grande des plantes communes; sa mesure
est d'environ dix pieds; sa racine, composée de plusieurs petits crochets, s'atta-

che à la pierre sur laquelle il végète ; ces crochets ressemblent assez aux surgeons de la vigne. Les tiges en sont tressées d'une manière singulière, et les feuilles présentent huit compartiments, ces dernières sont très-oblongues. Lorsque la plante flotte dans l'eau, elle offre l'aspect d'une pièce de cuir coupée en plusieurs lanières.

L'*eringo*, ou le houx de mer, croît dans les sables baignés par les eaux ; ses racines, lorsqu'elles ont subi une certaine préparation, sont agréables au goût et jouissent de plusieurs propriétés médicinales. Cette plante doit son nom aux pointes qui la protègent.

Le *fucus vesica* est une plante remplie de cellules d'air qui la tiennent suspendue ; elle est très-commune, et le sel qu'on extrait de ses cendres s'emploie dans la fabrication du verre et dans plusieurs autres manipulations. Pour la préparation de ce sel, on laisse sécher le fucus vesica au soleil et au grand air ; ensuite on le jette dans une fournaise pratiquée sous la terre. Le sédiment est remué avec un râteau ou une fourche jusqu'à ce qu'il présente l'apparence d'un liquide consistant comme du fer fondu. Dans les îles Orcades, les habitants font un grand commerce de ce sel. Il y a plusieurs autres espèces de *fucus* qui servent en Écosse à la nourriture de l'homme et du bétail.

Il n'est pas rare de voir des îles flottantes formées par des plantes marines et par celles qui se détachent des rivages; elles s'entrelacent ensemble et apparaissent au voyageur comme des champs d'une grande étendue. Les grands fleuves de l'Amérique, à l'époque de la crue des eaux, entraînent souvent des portions de leurs rivages couvertes d'arbres majestueux qui, se joignant à d'autres également emportées par le courant, forment des îles flottantes ou des radeaux redoutés des navigateurs. « Malheur, dit Humboldt, aux canots qui, pendant la nuit, vont heurter contre ces radeaux d'arbres entre-

lacés ! » Ce voyageur célèbre rapporte que
les Indiens, lorsqu'ils veulent surprendre
leurs ennemis, attachent ensemble plusieurs embarcations qu'ils recouvrent de
gazon et de branches; ce qui les fait res-
sembler aux îles dont nous venons de
parler.

Les végétaux et les autres productions
de la mer sont peut-être aussi nombreux
et aussi variés que ceux du continent. La
nature les a mis hors de la portée de nos
observations : toutefois la description de
ce que l'on en connaît suffirait pour rem-
plir des volumes. Notre but est uniquement de donner en peu de mots une idée
des productions marines les plus remarquables, tant pour la grandeur que pour
la forme et pour d'autres circonstances
particulières. Maintenant nous allons nous
occuper de quelques-uns de ces animaux
qui vivent sous les vagues et qui peuplent
l'empire de l'Océan.

CHAPITRE III.

Animaux marins.

Quoique l'Océan soit le séjour des poissons, tous les êtres qui y vivent ne doivent pas être appelés de ce nom. Les plus gros de ces habitants ne ressemblent aucunement aux poissons proprement dits, et les naturalistes les ont classés, à cause de certains caractères, parmi des genres qui appartiennent plus particulièrement au continent.

En général, les poissons ont des ouïes et ont le sang *froid;* ils sont munis de nageoires, mais rien dans leur structure ne présente la forme de membres. La plupart sont couverts d'écailles, et leurs yeux sont sans paupières.

Mais les *cétacés* n'ont point d'ouïes : ils respirent, comme nous, par les poumons; leur sang est chaud, leurs yeux ressemblent à ceux des quadrupèdes, et, comme parmi ces derniers, leurs femelles allaitent leurs petits. En outre, les veaux marins et les walrus ont, comme les animaux terrestres, de véritables pieds, quoique membranés, et ils sont dénués de nageoires. Il y a encore les reptiles et les insectes. Au nombre de ceux-là, nous rangerons la tortue, qui fait les délices de nos tables; et aux derniers appartiennent les homards et les crabes, qui, bien qu'appelés *poissons* assez généralement, ne reçoivent point cette dénomination des naturalistes, qui classent les êtres en ayant égard à certains caractères distinctifs. Parmi les cétacés, on distingue le narval ou licorne de mer, la grande baleine, le cachalot, le dauphin, le marsouin et le grampus.

Le NARVAL, lorsque sa taille est développée, parvient à une longueur de sept à

nuit mètres, non compris l'arme qui lui
a fait donner aussi le nom de licorne :
c'est une sorte de défense longue d'environ six ou huit pieds, et dont la substance
ressemble à l'ivoire. Avec une arme aussi
terrible et sa force prodigeuse, le narval
serait la terreur de l'Océan du Nord, s'il
n'était en général de mœurs assez pacifiques; cependant, s'il est attaqué, il a recours à ce moyen de défense naturelle,
et il enfonce son dard avec tant de force,
qu'il peut pénétrer la charpente la plus
solide d'un vaisseau. On a trouvé des défenses de narval brisées dans des carènes
de navire, et on a pris des baleines de
la plus grosse taille dans le corps desquelles était enfoncée cette arme redoutable.

Le narval paraît privé des organes de
l'ouïe. Il se nourrit de petits poissons,
dont il fait une consommation prodigieuse.
On les trouve par troupes. De même que
les autres cétacés, ils donnent une grande
quantité d'huile. C'est pour se la procurer,

La grande Baleine. (P 61.)

ainsi que leur chair, qui est bonne à manger, que les pêcheurs leur font la chasse.

La GRANDE BALEINE. — Cet animal est regardé comme la plus grande de toutes les créatures vivantes : sa longueur ordinaire est de cent pieds; on en a vu qui avaient deux fois cette taille. La gravure peut donner une idée de la forme de ce cétacé, mais il est difficile, sans l'avoir vu, de s'en faire une de son énormité. La tête de la baleine a environ le tiers du corps entier; sa bouche est aussi grande qu'une chambre ordinaire, mais le gosier est comparativement étroit, et les yeux ne sont pas plus grands que ceux d'un bœuf; la peau a environ un pouce d'épaisseur : elle renferme la graisse ou la substance huileuse, qui a environ un pied de profondeur.

C'est au moyen de sa queue que la baleine avance : ses nageoires font plutôt l'office de gouvernail, et l'aident à se tourner de côté et d'autre. Naturellement paisible et craintive, elle évite autant que

5

possible tout conflit et tout danger, et elle
se dérobe à ses ennemis avec un agilité
que sa masse rend surprenante. A peine
s'aperçoit-elle de l'approche d'un bateau,
qu'elle plonge au fond de la mer; mais
lorsque, forcée de remonter à la surface
pour respirer, elle se trouve en danger,
elle fait usage de sa force prodigieuse.
D'un coup de queue, elle peut détruire
une embarcation, et c'est de la même manière qu'elle triomphe quelquefois du narval et de ses autres ennemis. En respirant,
elle lance une grande quantité d'eau par
des ouvertures ménagées au sommet de la
tête, et cela à une hauteur d'environ quarante pieds. La nourriture de la baleine
consiste en crabes et en menus poissons,
qu'elle avale en grande quantité et tou.
entiers, car elle n'a pas de dents; mais la
substance appelée *barbe de baleine* est
disposée, dans l'intérieur de sa bouche,
de manière à empêcher sa proie d'en
sortir.

Si ces animaux sont d'une grosseur et

d'une force qui les mettent à l'abri des attaques de leurs ennemis, cette supériorité physique reste impuissante devant le courage et l'adresse de l'homme. Les marins de différents pays vont les relancer dans les mers du Nord, stimulés par les avantages que leur promet cette pêche dangereuse. Ils guettent et traquent la baleine, qu'ils fatiguent à la fin, la harponnent, et font couler de ses blessures le sang en telle abondance, que la mer en est teinte à une grande distance Le monstre, avant d'expirer, plonge au fond de l'abîme, mais en vain; les attaques ne cessent que pour se renouveler avec plus d'acharnement, et cette riche prise devient à la fin le prix du courage et de la persévérance.

Les vaisseaux baleiniers sont munis de cinq ou six bateaux, dont chacun est monté par un harponneur. Il y a un homme au gouvernail, un autre pour gouverner la corde, et quatre rameurs. Chaque embarcation, outre deux ou trois

harpons et plusieurs piques, est munie
de cinq ou six lignes d'une centaine de
brasses de longueur et attachées ensemble. Aussitôt que l'on découvre la baleine,
on s'approche d'elle pour la harponner
aussi profondément que possible ; dès que
le monstre plonge on laisse aller la corde
attachée au harpon, en ayant bien soin
que rien ne l'arrête dans son développement, ce qui pourrait faire chavirer le bateau ; et on mouille continuellement le bois
où elle glisse, de peur qu'il ne s'enflamme
par le frottement.

Quand la baleine est expirée, on l'attache au vaisseau ; la graisse est coupée en
morceaux carrés, et l'on extrait de sa bouche les barbes qui en garnissent l'intérieur.
La langue est si chargée de graisse qu'on
en tire de cinq à six barils d'huile. Le
corps d'une baleine parvenue à une croissance complète peut peser quatre cent
mille livres.

Les Groënlandais se nourrissent de la
chair de ce cétacé, et font aussi une

grande consommation de son huile. Il est bon de remarquer que lorsqu'elle est fraîche, elle n'a pas cette odeur désagréable que nous lui trouvons.

En 1814, soixante et seize vaisseaux anglais prirent quatorze cent trente-sept baleines, sans compter les veaux marins, etc. En quatre années, les pêcheurs de la Grande-Bretagne détruisirent cinq mille trente baleines, qui donnèrent cinquante-quatre mille cinq cent huit tonnes d'huile et deux mille six cent quatre-vingt-dix-sept tonnes de barbes.

Le CACHALOT. — Ce cétacé est moins gros que la baleine: cependant il a de soixante à soixante-dix pieds de long, et environ cinquante de circonférence. Sa tête est en proportion plus forte que celle de la baleine : elle fait presque la moitié de son corps. La mâchoire inférieure est garnie de fortes dents. L'agilité du cachalot est surprenante : c'est au point que les baleiniers redoutent sa rencontre, malgré l'avantage qu'ils tireraient d'une si riche capture. Les substances précieuses appelées sperme de baleine et ambre gris proviennent du cachalot, qui fournit aussi une quantité considérable d'excellente huile à brûler. Le sperme se trouve dans une cavité de la tête; cependant cette substance n'est pas la cervelle, mais une huile qui, durant la vie de l'animal, est à l'état de fluide : elle durcit ensuite et blanchit. Elle est d'un usage fréquent en médecine, et entre dans la fabrication des chandelles. Un seul cachalot peut fournir jusqu'à dix-huit futailles de cette substance. Ces cétacés se rencontrent par troupes. En 1784, trente-deux furent jetés sur les côtes de France. Dans le voisinage, et à une assez grande distance, on entendit leurs mugissements. Ces cachalots étaient tous jeunes et d'une longueur de trente à cinquante pieds. Il leur fut impossible de regagner la mer, et ils vécurent ainsi vingt-quatre heures, s'agitant dans les eaux basses, jetant le sable et la vase dans toutes les directions, et lançant

des colonnes d'eau à une grande hauteur.
Ces animaux sont très-voraces et redoutés
même du requin.

Le DAUPHIN jouissait chez les anciens
d'une grande célébrité : on lui prêtait une
affection marquée pour la race humaine,
et l'on supposait qu'il conduisait au rivage les naufragés. C'est pour ce service
imaginaire qu'on le consacrait aux divi-
nités. On voit les dauphins se jouer sur
la vague en troupes assez nombreuses, et
ce spectacle n'est pas sans intérêt au milieu des scènes monotones d'une longue
navigation. Souvent cet animal est représenté replié sur lui-même : il est vrai qu'il
prend quelquefois cette forme, quoique la
position directe ne lui soit pas étrangère.
Ce cétacé a neuf à dix pieds de longueur.
Chacune de ses mâchoires est garnie d'une
rangée de fortes dents ; il a sur le sommet
de la tête un orifice unique. Son corps est
noir, d'une teinte bleuâtre à sa partie
supérieure ; mais il est blanc en-dessous.
On le trouve au large dans presque toutes les régions de l'Océan.

Le MARSOUIN, qui a beaucoup de ressemblance avec le dauphin, est loin de
jouir d'une aussi bonne renommée. On
lui donne ordinairement l'épithète de co-
chon de mer; cependant il n'est guère
plus vorace que le dauphin lui-même.
Cette variété du genre cétacé a six ou
sept pieds de longueur; le corps est de
forme conique; chaque mâchoire a une
rangée de dents; la tête, qui est courte
et écrasée, est surmontée d'une ouverture
pour la respiration.

Le marsouin fournit une grande quantité
d'huile estimée; mais, comme il est d'une
pêche difficile, on n'a que peu souvent
l'occasion d'apprécier ses qualités commerciales. Autrefois on en mangeait la
chair; mais aujourd'hui on la néglige. Il
se nourrit de harengs et d'autres petits
poissons. Le marsouin fréquente l'Océan
Atlantique et les mers du Nord, et se mon-
tre assez souvent sur nos rivages.

Le GRAMPUS. — Ce cétacé est un des
ennemis mortels de la baleine. Il est long

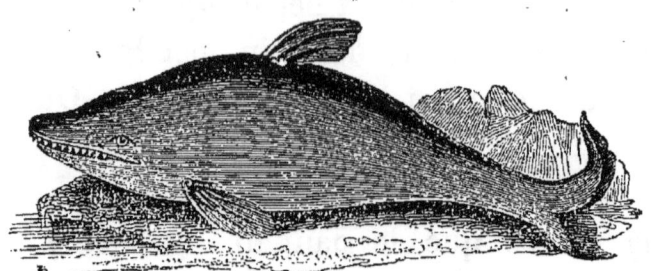

Le Dauphin. (P. 67.)

Le Marsouin. (P. 68.)

Le Grampus. (P. 68.)

de plus de vingt pieds, et la nature l'a
doué d'une force et d'une agilité remarquables. Il s'attaque aux baleines les plus
puissantes. Les grampus se réunissent et
entourent leur ennemi comme le feraient
des chiens de combat. Alors la baleine
pousse des mugissements terribles. On ne
réussit à les prendre qu'avec la plus
grande difficulté : ils apparaissent un moment à la surface des eaux, et se déro-
bent aisément à la poursuite de l'homme;
cependant on parvient à s'en emparer
lorsque la proie qu'ils poursuivaient les a
engagés dans les eaux basses.

Nous ferons observer qu'en général les
cétacés montrent beaucoup d'attachement
pour leurs petits. La grande baleine, lorsqu'elle est vivement pressée, tient son
petit sous la protection de ses nageoires.
On raconte l'histoire d'un grampus qui,
s'étant aventuré trop loin, se trouva avec
son petit presqu'à sec à la marée basse.
Dans cette situation, on blessa les deux
animaux. Le père était parvenu à s'éloi-

gner assez pour trouver une eau profonde.
Cependant, inquiet du sort de son petit,
il revint pour partager son sort.

Le WALRUS ARCTIQUE. — Cet énorme
quadrupède n'est pas moins remarquable
par sa forme que par sa taille : ses pieds
sont courts et membranés, et il porte deux
longues défenses qui descendent de sa
mâchoire supérieure. Il habite la mer
près des côtes septentrionales de l'Amérique, et se nourrit de plantes marines et
de coquillages. Sa longueur est d'environ dix-huit pieds; il n'en a pas moins de
douze de circonférence; sa peau est cou-
verte de poils ras d'un brun foncé; ses
yeux sont petits, et deux orifices lui servent d'oreilles. La force de cet animal est
prodigieuse, mais ses mœurs sont toutes
pacifiques, et il ne devient dangereux que
lorsqu'on l'attaque. Cependant on en a vu
renverser des bateaux.

En 1766, quelques marins se trouvèrent
dans un danger semblable . un grand nombre de walrus entourèrent l'embarcation;

malgré les efforts que l'on faisait pour les tenir à distance, un de ces animaux, plus hardi que les autres, monta sur l'arrière, et, après avoir considéré l'équipage pendant quelque temps, plongea à la mer pour aller rejoindre ses compagnons. Au même instant, un autre walrus d'une taille énorme essayait de monter sur l'avant. Il y aurait probablement réussi, et il eût fait chavirer le sloop, si un homme ne lui eût tiré un coup de fusil à bout portant. On n'eut que le temps de gagner le rivage : une troupe de walrus arrivait avec le dessein apparent de venger la mort de leur compagnon. L'attachement que ces animaux se portent les uns aux autres fait qu'il est périlleux de les attaquer, même isolément.

Le capitaine Cook décrit ainsi un troupeau de walrus qu'il découvrit sur une île de glace près des côtes de l'Amérique septentrionale : « Souvent plusieurs centaines de ces animaux reposent sur la glace, couchés les uns sur les autres. Leur beu-

glement s'entend de si loin que, pendant
la nuit ou par un temps brumeux, ils nous
avertissaient du voisinage des glaces avant
que nous ne pussions les voir. Jamais nous
ne les trouvâmes tous endormis, quelques-
uns restant toujours en sentinelles. Ces
derniers réveillaient les plus proches à
l'approche d'un bateau, et bientôt l'alarme
était générale ; mais le plus souvent ils ne
se décidaient à s'éloigner que lorsqu'on
avait tiré sur eux. Alors ils se ruaient en
tumulte dans la mer ; et si, à la première
décharge, nous n'avions fait qu'en bles-
ser plusieurs, ils nous échappaient ordinairement, quoique atteints mortellement.
Ils ne nous parurent pas aussi dangereux
que quelques auteurs les ont dépeints. La
femelle défend son petit jusqu'à la dernière extrémité et aux dépens même de sa
vie, soit dans les eaux, soit sur la glace.
Si la mère succombe, le petit ne veut pas
s'en éloigner : de sorte que, quand l'un
des deux est tué, on peut compter sur
l'autre comme sur une proie certaine. »

Le Walrus arctique. (P. 70.)

Veau marin ou Phoque. (P. 73.)

Il y a plusieurs autres variétés de ces animaux.

VEAUX MARINS OU PHOQUES. — Il y a
quelques rapports entre les veaux marins
et les espèces que nous venons de décrire. Quoiqu'ils habitent plus particulièrement les eaux, ils vivent aussi sur le
rivage, où on les trouve en grand nombre pendant les mois d'été. Le veau marin tient du quadrupède et du poisson;
sa tête est ronde comme celle d'un chat,
son nez est large, ses dents ressemblent
aussi à celles de la race féline, et c'est
pour cette raison que Linnée l'a rangé
dans cette classe ; son œil est grand;
l'oreille, dépourvue de pavillon, n'est
qu'une ouverture; le cou est bien propor-
tionné, et le corps va en diminuant vers
la queue, qui est celle d'un poisson. Tout
le corps est couvert d'un poil luisant et
gras comme s'il avait été frotté d'huile.
Les pieds sont d'une forme remarquable,
et ils pourraient embarrasser un natura-
liste inexpérimenté par la ressemblance

qu'ils ont avec des nageoires; cependant ils sont terminés par des griffes qui rappellent la race de quelques-uns des quadrupèdes. Les pieds de devant sont profondément déprimés sous la peau; ceux de derrière le sont encore plus, et ne paraissent guère faire l'office de membres. Les veaux marins ont une longueur qui varie de quatre à six pieds. Il y a aussi des différences dans la forme et dans la couleur qui distinguent les espèces. On les trouve dans la mer du Nord et dans la Baltique, où on leur donne la chasse. Les Groënlandais sont friands de leur chair, et leur peau sert à divers usages, tels que tentes, couvertures, porte-manteaux, lanières, etc. Les Américains gonflent d'air ces peaux, et en font des radeaux. La graisse, les fibres, les os et jusqu'aux intestins, sont employés par les habitants du Nord. Le veau marin n'est pas dédaigné dans nos contrées: sa peau, sa fourrure et son huile, font l'objet d'un commerce important. Ces animaux se nourrissent de poissons : ils suivent les troupes de harengs, et les détruisent par milliers; mais, en l'absence de ces derniers, ils sont obligés de s'adresser à une proie moins facile : ils plongent et nagent rapidement pour la saisir, et les petits poissons ne peuvent leur échapper qu'en se réfugiant dans les eaux basses. On en a vu poursuivre un mulet malgré la rapidité de sa fuite, et lui donner la chasse comme le ferait un chien lancé sur un lièvre. Le mulet, après avoir épuisé tous ses tours, se réfugia dans un bas-fond, sans que son ennemi quittât prise. Enfin, le poisson, dans sa détresse, se coucha sur le côté, cette position lui permettant de nager dans une eau plus basse encore, et il échappa par cet expédient à la poursuite de son ennemi. Lorsqu'on attaque les veaux marins à coups de pierres, ils mordent celles qu'on leur lance, et si on s'approche d'eux, ils font une résistance désespérée. Lorsqu'ils se croient en sécurité, ils se livrent au sommeil. C'est alors que les chasseurs viennent les surprendre. S'ils ne sont blessés que légèrement, ils courent en hâte vers la mer, jetant derrière eux les cailloux et la vase, et poussant des cris pitoyables.

Il y a une espèce appelée par quelques voyageurs *lions de mer;* ceux-ci ont une longueur qui va jusqu'à dix-huit pieds; ils rendent une grande quantité de graisse. Ces animaux ont autour du cou une crinière, ce qui leur a fait donner le nom de lions de mer. Un homme, qui resta plusieurs jours sur l'île de Béring, se vit entouré par des veaux marins de cette dernière espèce : ils furent bientôt au mieux avec lui ; ils examinaient avec un grand sérieux tout ce qu'il faisait, et le laissaient même jouer avec leurs petits. Les lions de mer se rencontrent principalement sur les côtes orientales du Kamtchatka.

CHAPITRE IV.

Poissons.

Les naturalistes ont observé et distin-
gué par des noms environ quatre cents
espèces de poissons. Peut-être y en a-t-il
autant et plus dans les profondeurs de la
mer, et que la science connaîtra plus
tard. Nous nous bornerons à décrire quelques-uns de ceux qu'on a le mieux étudiés,
les mœurs et la nature du plus grand
nombre n'ayant point encore été l'objet
d'observations assez complètes. La structure des poissons annonce toute la sagesse du Créateur, qui a su l'approprier
à l'élément où ils vivent : leur corps est
revêtu et garanti par des écailles, ou de

telle manière qu'ils peuvent satisfaire aux
besoins de leur nature et éviter les dangers auxquels ils sont exposés. Le centre
de gravité, c'est-à-dire le point du corps
sur lequel le tout peut se balancer ou se
tenir en équilibre, se trouve à l'endroit le
plus favorable pour le mouvement; et
la forme qui convient le mieux dans lo
milieu qu'habite le poisson, est celle
que donneraient les principes de la géo-
métrie.

Ils se meuvent au moyen des nageoires, tandis que la queue leur sert de défense et les dirige; un grand nombre d'entre eux sont munis d'une vessie pleine
d'air qui, en se comprimant ou en se dila-
tant, leur permet de descendre dans les
eaux ou de s'élever à volonté. Leurs yeux
sont particulièrement adaptés aux lois
suivant lesquelles la lumière pénètre l'eau
à différentes profondeurs, et ils ont beaucoup de ressemblance avec ceux des oiseaux. Mais l'ouïe est peut-être ce qu'il y
a de plus remarquable dans leur confor-

mation ; il y en a une de chaque côté du cou, et c'est par là qu'ils respirent. Après avoir rempli d'eau leur bouche, ils la rejettent en arrière, et elle sort en soulevant les membranes de l'ouïe.

Nos jeunes lecteurs n'ignorent pas sans doute que l'eau renferme une certaine quantité d'air; c'est par les ouïes que le poisson s'approprie cet air nécessaire à sa respiration. Par l'ouïe, l'air pénètre dans le corps de l'animal ; et s'il en était privé dans les mêmes conditions, il mourrait en peu de moments, car n'ayant point de poumons, il ne peut respirer hors de l'eau.

On a cru longtemps que les poissons étaient sourds, mais aujourd'hui on s'accorde assez généralement à reconnaître qu'ils entendent; et, de plus, il est reconnu que l'eau peut transmettre le son.

En général les poissons sont ovipares, c'est-à-dire qu'ils se reproduisent par des œufs ; et on en a trouvé plusieurs millions dans le corps d'une morue. Si les poissons

ne se dévoraient pas entre eux, on voit
que l'Océan, malgré son étendue, ne pourrait les contenir; mais ils périssent dans
la même proportion qu'ils se reproduisent,
et de cette manière il y a place pour toutes
les espèces. Les poissons, sujets qu'ils
sont à tant de dangers, soit de la part de
certaines espèces, soit que l'homme les
fasse servir à son usage, poussent très-loin
leur existence. Quelques-uns vivent un
et plusieurs siècles. On en a fait l'expérience sur des carpes qu'on avait marquées
de manière à les reconnaître. Parmi la
multitude des habitants de l'Océan, nous
nommerons quelques-uns de ceux qui,
par leur nature, leur taille et leur forme,
semblent mériter une mention particulière.

Le CONGRE. — Ce poisson a quelque
chose dans la forme qui rappelle le serpent des eaux, l'anguille; ses nageoires
et ses ouïes suffisent pour marquer sa
place dans le règne animal; en général,
les anguilles forment comme une transi-

tion entre le poisson et le serpent. Le
congre, lorsqu'il a pris toute sa croissance, n'a pas moins de dix pieds de longueur. La pêche en est assez dangereuse ;
il s'entortille autour des jambes et combat
avec un courage désespéré. Il n'y a pas
longtemps que, près de Yarmouth, un de
ces animaux renversa mort le pêcheur qui
s'apprêtait à le tuer ; il pesait environ
soixante livres, mais il en est dont le
poids est d'un quintal. Le congre est
extrêmement vorace ; il se cache dans la
vase, où il guette sa proie : si elle est trop
grosse pour être immédiatement dévorée
ou vaincue, il se roule autour de sa victi-
me, qui bientôt est obligée de céder. Ce
poisson se trouve sur les côtes de France
et d'Angleterre. On en transporte de secs
en Espagne et en Portugal. On les prend
ordinairement avec des lignes qui n'ont
pas moins de cinq cents pieds de longueur, et auxquelles sont attachés un
grand nombre d'hameçons. Quelquefois
toutes ces lignes sont fixées au bout les

unes des autres dans un développement
d'environ un quart de lieue. La chair du
congre est mangeable, mais en général
elle est coriace et d'un goût peu agréable.

GYMNOTUS ou ANGUILLE ÉLECTRIQUE. —
Ce poisson se trouve dans l'Amérique du
Sud ; il jouit de la propriété singulière
d'une machine électrique, et à un tel degré, qu'il peut frapper immédiatement de
mort certains animaux. Si un certain nombre de personnes, se tenant par la main,
se mettent en communication avec le
gymnotus ou avec l'eau d'un vase où il se
trouve, elles éprouveront toutes, et en
même temps, la même commotion électrique. On a fait plusieurs expériences qui
confirment ce que nous venons de rapporter ; nous citerons celle du docteur Wil-
liamson : ayant plongé sa main dans
l'eau, à trois pieds de distance de l'animal, il ressentit dans les jointures des
doigts une impression douloureuse ; il
jeta dans le bassin de petits poissons, l'an-

guille les étourdit aussitôt et les avala.
|Un autre poisson y fut jeté à quelque dis-
tance; le gymnotus s'en approcha et se
retira d'abord sans exercer sa faculté électrique ; mais bientôt après il revint, re-
garda fixément le poisson pendant quelques secondes, et lui imprima une commotion à la suite de laquelle ce dernier se
renversa sur le dos dans un état complet
d'immobilité. Un chien, que l'on soumit
au même effet, exprima la sensation pénible qu'il éprouvait par un aboiement
plaintif. Un tiers environ du corps de l'a-
nimal est doué de cette propriété électrique : l'appareil est disposé des deux côtés;
la structure en est simple et régulière;
elle consiste en compartiments plats, au
nombre d'environ quatre-vingt-dix, et de
la longueur d'un pouce, avec des nerfs
appropriés à ce phénomène.

Quoique cette espèce d'anguille soit un
poisson d'eau douce, nous en avons parlé
dès à présent, parce que ses propriétés
électriques sont supérieures à celles du

poisson de mer qui produit un effet analogue ; nous voulons parler de la torpille.

La TORPILLE OU RAIE ÉLECTRIQUE. — C'est un poisson plat et presque circulaire, de l'espèce des raies, et qui est commun sur les côtes de France et d'Angleterre ; il pèse quelquefois de soixante à soixante-dix livres : la chair, quoique peu estimée, en est mangeable. La torpille habite ordinairement le fond des eaux, ou bien elle s'ensevelit dans le sable. Si on la foule par mégarde, on ressent immédiatement la commotion dont nous avons parlé plus haut.

L'ÉPÉE DE MER. — L'arme redoutable dont ce poisson est pourvu lui a fait donner le même nom par les peuples anciens et par les modernes ; sa longueur est de dix à douze pieds, mais il y en a dont la taille dépasse ces proportions, et l'on en a vu qui pesaient jusqu'à quatre quintaux. Son corps est allongé et arrondi ; sa bouche, d'une moyenne grandeur, n'a pas de dents ; mais sa hure, qui est longue et

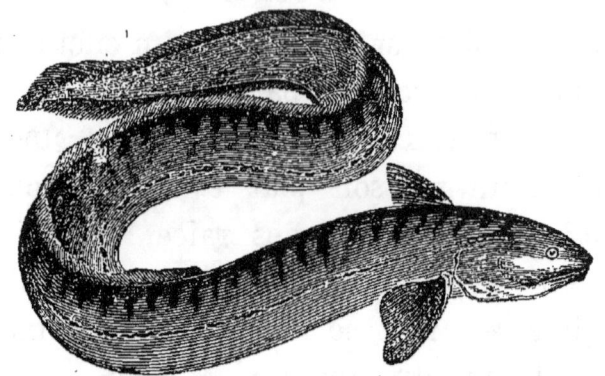

Le Congre. (P. 80.)

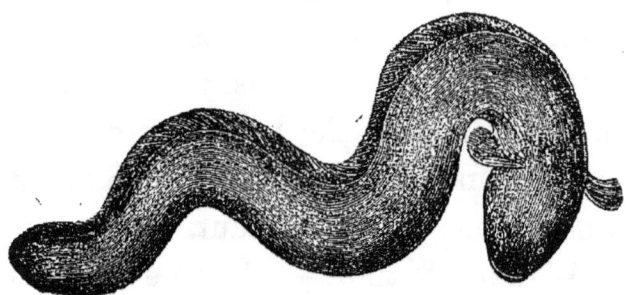

Le Gymnotus. (P. 82.)

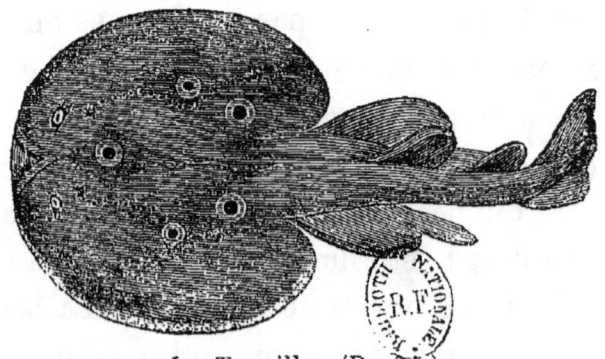

La Torpille. (P. 84.)

osseuse, les remplace avec avantage :
aussi ce poisson, qui se meut avec une
grande agilité, est-il redoutable à presque
tous les habitants de l'Océan. On a trouvé
enfoncée de toute sa longueur, dans la
charpente des vaisseaux, l'arme dont la
nature l'a pourvu. On a calculé qu'une che-
ville en fer, chassée par un marteau pesant vingt-cinq livres, n'aurait pu pénétrer aussi profondément qu'après huit ou
dix coups, tandis que l'épée de mer a ob-
tenu ce résultat par une seule et même im-
pulsion. On croit communément que c'est
parce que l'épée de mer prend la quille
d'un navire en mer pour une baleine,
qu'elle le perce de sa lance. Ceux qui se
sont trouvés à bord lors d'une semblable
rencontre se figuraient que le vaisseau
avait donné contre quelque écueil, tant
était grande la violence du choc. On dit
que ces poissons vont deux à deux, et
qu'ils sont en hostilité ouverte avec la baleine : on a même été témoin de leurs conflits. La baleine, en pareille rencontre,

plonge ordinairement la tête la première
en s'efforçant de frapper son adversaire
avec sa queue ; si elle y réussit, l'épée de
mer est aussitôt hors de combat ; mais le
plus souvent l'agilité de celle-ci la préserve
de toute atteinte : elle tourne à l'entour
du monstre, et finit par plonger son arme
dans les flancs du cétacé ; si la blessure
n'est pas mortelle, elle redouble et finit
par obtenir la victoire. La chair de ce
poisson est d'un bon goût, quoiqu'un peu
coriace ; lorsqu'il est jeune, elle est blanche, agréable et nourrissante. A Gênes,
elle se vend au marché ; les Siciliens se
livrent à cette pêche dès que la saison est
favorable.

LA MORUE COMMUNE. — Ce poisson est
si connu, qu'il serait inutile d'en donner
une description détaillée. Nous nous con-
tenterons de dire que ses caractères distinctifs sont trois nageoires sur le dos, la
queue presque unie, et une espèce d'ap-
pendice charnu à la mâchoire. Il pèse de
vingt à quarante livres. Mais ce qui mé-

rite attention, ce sont les migrations périodiques et lointaines de ces poissons, de
rivage en rivage, et la quantité innombra-
ble dont se composent leurs troupes. Des
bancs sablonneux de Terre-Neuve, de la
Nouvelle-Ecosse, de la Nouvelle-Angle-
terre, aux régions des mers du Nord, elles
vont et viennent à certaines époques de
l'année, couvrant quelquefois une surface de plus d'une lieue dans tous les
sens.

Avant la découverte de Terre-Neuve, la
pêche de la morue se faisait principalement sur les côtes de l'Islande et aux îles
Western. Il y a quatre siècles que les Anglais se rendaient en Islande pour y pêcher la morue, et cinquante vaisseaux
étaient employés à ce commerce. Aujour-
d'hui, le centre de ce trafic est placé plus
favorablement sur le rivage de Terre-
Neuve, où un banc spacieux qui s'élève
de la mer est le rendez-vous des pêcheurs.
Quinze mille Anglais y exercent cette fruc-
tueuse industrie depuis le commencement

de février jusqu'à la fin d'avril. Le poisson se prend à l'hameçon; une main habile peut prendre jusqu'à quatre cents mo-
rues en un jour ; toutefois cette occupation
ne laisse pas que d'être pénible à cause
du froid qui règne sous ces latitudes.

Aussitôt que le poisson est transporté
à terre, on lui coupe la tête, on le vide et
on le sale; ensuite on l'entasse sur la cale
en recouvrant d'une couche de sel chaque
couche de poisson ; puis on laisse sécher
le tout pendant trois ou quatre jours;
enfin on dispose le poisson dans un
autre emplacement pour le saler de nouveau.

Les Norwégiens se servent, pour pêcher la morue, d'un fort filet; ce filet,
qui s'étend quelquefois sur un espace de
quatre cents brasses, se jette l'après-
midi, et le matin du jour suivant on en
tire de trois à quatre cents poissons. En
Laponie et sous les latitudes polaires, le
froid dispense de la peine de saler; on
suspend le poisson dans des espèces de

hangars, où il reste gelé jusqu'au printemps suivant; à cette époque, il est vidé et séché.

Il y a une autre espèce de morue plus petite qui porte sur les côtés une marque que la superstition a fait prendre pour celle du pouce de saint Pierre. Il y en a une autre espèce encore plus petite et d'une couleur blanchâtre; on en prend un grand nombre sur les côtes de France. La manière de prendre ces poissons pourrait paraître singulière, si l'on ne savait que les lignes dont on se sert à cet effet ont chacune un grand nombre d'hameçons.

Le stockfisch, ou morue séchée, fait l'objet d'un commerce important. La Norwége en exporte des quantités considérables.

Le MERLANGUS CARBONARIUS. — Ce poisson, du genre morue, doit son nom à la couleur sombre de son corps. Dans les îles Orcades, les habitants trouvent dans sa chair de grandes ressources, à l'époque de l'année où les autres provisions deviennent très-rares; ils en tirent une huile qui alimente leurs lampes durant les longues nuits : ils déploient beaucoup d'adresse dans la manière de les prendre à la ligne.

CHAPITRE V.

Le RÉMORA. — Ce poisson doit son nom à une particularité remarquable ; la superstition lui a prêté des propriétés encore plus extraordinaires.

On a prétendu que le rémora, qui n'a pas plus d'un pied de longueur, en adhérant à la carène d'un vaisseau, peut en arrêter la marche. Il n'est pas nécessaire d'avertir nos lecteurs que la nature n'a pas besoin du merveilleux pour exciter l'admiration. Mais ce qui est vrai, c'est qu'il peut s'attacher immobile aux corps durs et à plusieurs espèces de poissons, au moyen d'un appareil placé au sommet

7

de sa tête. En d'autres termes, il peut, en faisant le vide, se fixer à une surface, et cela avec tant de force, que pour l'en détacher il faut souvent causer sa destruction. Il ressemble assez à un hareng pour la grosseur, et il habite dans presque tous les parages de l'Océan. Les Indiens s'en servent quelquefois comme d'amorce, pour prendre d'autres poissons.

La JAUNE DORÉE, qui doit son nom aux nuances dont elle est ornée, est loin d'être recommandable pour la beauté de ses proportions. Ce poisson est déprimé; sa tête est large, et l'ouverture de sa bouche n'est pas en rapport avec sa taille. Il pèse quelquefois de dix à douze livres, et sa longueur atteint alors de quinze à dix-huit pouces, mais son poids moyen ne dépasse guère six à huit livres. La dorée partage avec la petite morue l'honneur de porter l'empreinte des doigts de saint Pierre. On prétend que *dorée* est une abréviation d'*adorée*, ce poisson étant en grande vénération à cause des marques qu'y a lais-

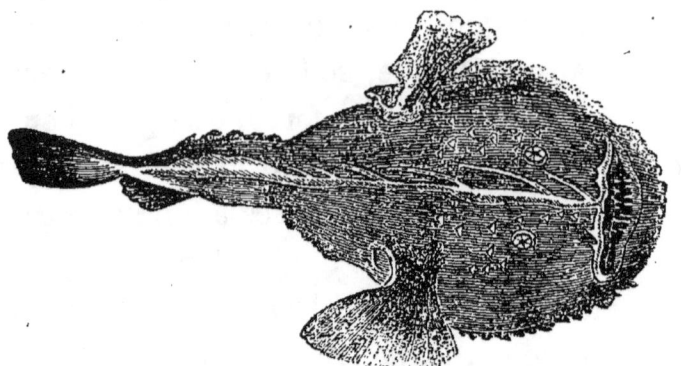

La Tête de Mort. (P. 110.)

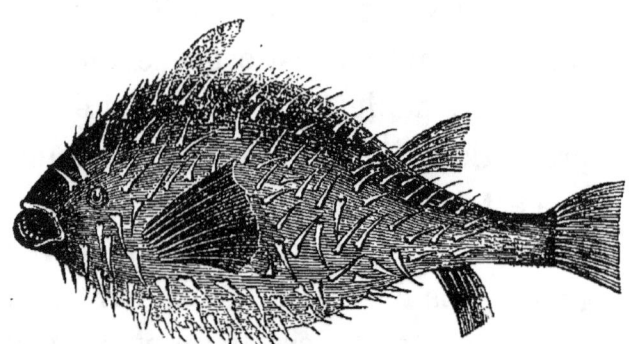

Le Porc-Épic. (P. 112.)

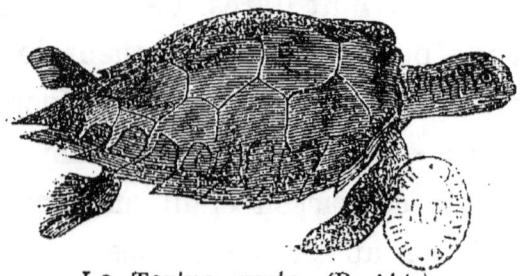

La Tortue verte. (P. 114.)

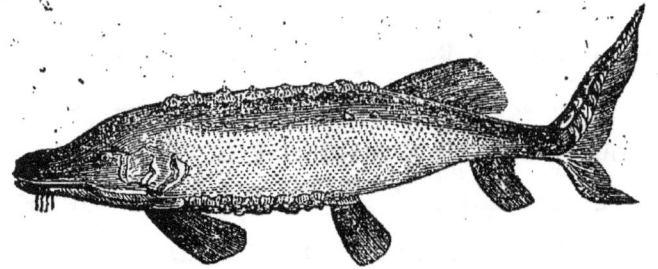

L'Esturgeon. (P. 101.)

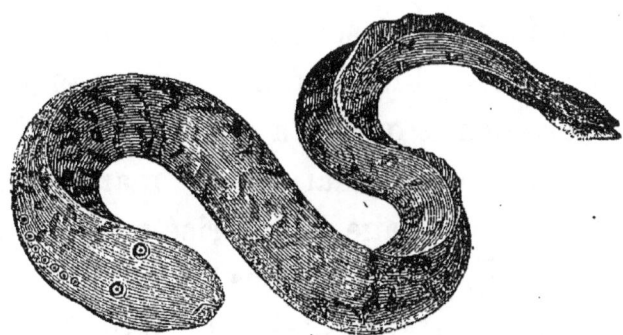

La Lamproie. (P. 103.)

Le Requin blanc. (P. 105.)

sées l'apôtre. Les pêcheurs de l'Adriatique
l'appellent *il janitore, le portier*, par allu-
sion aux clefs du ciel que porte saint
Pierre. Dans plusieurs autres contrées de
l'Europe, on a donné à la dorée le nom de
poisson de saint Pierre. La jaune dorée a
été regardée aussi comme un mets très-
délicat; nos ancêtres se faisaient peut-
être un point de conscience de le trouver
exquis. Ce poisson est extrêmement vorace, et si bien défendu par ses piquants
et ses dents, qu'il n'a que peu à craindre
de ses ennemis maritimes; mais ayant le
funeste avantage d'être prisé par l'homme,
il figure souvent sur nos marchés.

POISSONS PLATS. — On comprend sous
cette dénomination un grand nombre
d'espèces qui, presque toutes, sinon toutes, offrent une nourriture saine et agréable. Les poissons que les naturalistes ran-
gent parmi les raies ont beaucoup de ce
caractère; telle est la torpille, que nous
avons déjà décrite. Parmi les poissons
plats, les principaux sont : le turbot, le

flétan, la barbue, la sole, la plie et le car-
relet. Parmi les plus gros poissons plats,
nous citerons encore la raie cendrée et la
raie *clavata*. Le turbot est très-recherché
sur la table des riches. Ce poisson est
large et aplati; il pèse quelquefois jusqu'à
trente livres. On le pêche sur les rivages septentrionaux de l'Angleterre et de
la France, ainsi que sur les côtes de la
Hollande. Le flétan est bien plus gros; on
en a vu qui pesaient trois quintaux.

Le CHÉTODON se fait remarquer par sa
manière de prendre sa proie; sa bouche
est faite en forme de canon; quelques
gouttes d'eau qu'il lance, voilà toutes ses
munitions; il est vrai qu'il ne s'adresse
qu'à des mouches et autres insectes qui
viennent se jouer à peu de distance de la
surface. Quand le chétodon aperçoit une
mouche, il s'en approche avec précaution
et vient se mettre au-dessous, aussi près
que possible; il vise l'insecte, et lui en-
voie une goutte d'eau avec tant de précision qu'il manque rarement de le faire

tomber sans mouvement sur la surface. On s'est amusé à lui faire répéter cette expérience dans un bassin.

Le MAQUEREAU. — Il n'est personne, que nous sachions, qui n'ait eu occasion de remarquer l'élégance de ce poisson. Lorsqu'il est frais, il brille des couleurs les plus riches; mais lorsque ses teintes deviennent plus sombres, c'est-à-dire hors de l'eau, les émanations qui sortent de son corps le peignent d'un éclat nouveau; examiné, soit au jour, soit de nuit, le maquereau mérite certainement une place honorable parmi les œuvres de la création.

Nous ne saurions trop admirer les vues de la Providence, qui a été au-devant des besoins de l'homme en envoyant sur nos rivages des troupes si considérables de ces poissons, que, malgré la consommation immense qui s'en fait annuellement, cette ressource semble rester inépuisable. Rien n'empêcherait, si ce n'étaient les difficultés du transport, que ce poisson ne

fût servi même sur la table du pauvre
dans la saison où il donne. La pêche en
est quelquefois si abondante, que le poisson ne peut être employé, si ce n'est comme engrais.

Le maquereau se prend ou au moyen
de lignes amorcées avec un morceau d'é-
toffe rouge, ou, plus souvent encore, avec
des filets flottants de vingt pieds de profondeur sur une longueur de cent vingt.
Un grand nombre de ces filets sont attachés à la suite les uns des autres à l'aide
d'un long câble ; une large bouée, fixée à
l'extrémité, est jetée à la mer ; le bâtiment s'éloigne sous le vent jusqu'à ce que
tous les filets soient développés. La pêche
la plus considérable se fait sur les côtes
occidentales de l'Angleterre. On y emploie un capital d'environ cinq millions de
francs. On a vu des bateaux rapporter
chacun, en une seule nuit, une cargaison
qui se vendait dix-huit cents francs, et
plus encore. Les maquereaux sont très-
voraces, et ils croissent rapidement ; leur

nourriture principale paraît être le frai des autres poissons. Ils meurent presque aussitôt qu'on les tire de l'eau, où ils prennent une teinte dorée.

Le SAUMON. — Ce poisson a une grande importance, tant sous le rapport de l'abondance et de la qualité que sous celui de sa valeur commerciale. Il ne s'en trouve pas dans la Méditerranée ni dans les mers du Sud ; il habite les mers du Nord, et semble affectionner plusieurs rivières de l'Angleterre, qu'il remonte avec la rapidité d'une flèche et en faisant des efforts incroyables pour franchir les cascades et les autres obstacles qu'il rencontre ; quelquefois en sautant il s'élève à une hauteur de dix à douze pieds.

La hauteur de ce saut perpendiculaire paraît ne pas excéder cette mesure ; si le saumon s'élance plus haut, les forces lui manquent, et le courant le ramène au point de départ avant qu'il puisse tenter un nouvel effort. Il paraît avoir la conscience de l'obstacle qu'il a à surmonter ;

il l'étudie pendant quelques minutes, puis il avance, se retire encore; enfin, rassemblant toutes ses forces, il s'élance, et parvient ordinairement jusqu'au point où il voulait atteindre. Cependant il n'est pas rare qu'il manque ce but, et c'est au moment de sa chute qu'il est plus facile de le prendre. Sur la rivière de Liffey, en Irlande, il y a une cataracte d'environ dix-neuf pieds de haut : dans la saison du saumon, les habitants prennent plaisir à le voir lutter contre cette élévation. Il tombe souvent avant d'y parvenir, et il y a des paniers disposés pour le recevoir dans sa chute.

Les principales pêcheries de saumons, en Europe, sont établies sur les côtes d'Angleterre, d'Écosse et d'Irlande, ou sur celles des grands fleuves qui se jettent dans les mers de ces parages. Le Tyne, le Trent et la Severn offrent un grand nombre de ces pêcheries. On a calculé que dans la seule rivière de Tweed, en Écosse, on prend, terme moyen, deux cent mille saumons dans l'année.

Il paraîtra assez singulier que l'on chasse le saumon à cheval; c'est cependant ce qui se fait avec succès, et dans plusieurs localités. Le cavalier s'avance dans les bas-fonds en profitant de la retraite de la marée; il poursuit le saumon en lui fermant le chemin de la mer, et le tue à coups de lance.

On a vu dans les rivières du Kamtchatka des troupes si nombreuses de ces poissons, qu'en remontant les rivières ils en interceptent le cours, et forcent les eaux à déborder; il en reste alors une grande quantité à sec, ce qui causerait la peste à l'instant de leur putréfaction, si les ours et les chiens n'y mettaient bon ordre.

Les harengs, quoique inférieurs au saumon pour la taille et pour le goût, offrent cependant une ressource qui n'est point à dédaigner. Ils émigrent à de grandes distances, mais c'est dans les mers du Nord qu'on les rencontre en plus grand nombre.

Au milieu de ces retraites inaccessibles,

qui sont barrées par les glaces pendant
les longs mois d'hiver, les harengs bra
vent les attaques de leurs ennemis; l'homme lui-même ne peut les y atteindre. Les
insectes innombrables qui pullulent dans
les mers septentrionales offrent aux harengs une nourriture inépuisable : aussi,
tant qu'ils y séjournent, les harengs s'y
multiplient d'une manière prodigieuse;
mais à l'époque de la fonte des glaces, ils
quittent les régions polaires et s'avancent
vers le sud en colonnes si profondes, que
si tous les hommes en emportaient leur
charge, ils ne pourraient en prendre la
millième partie. Cet essaim immense forme
plusieurs divisions qui ont près de deux
lieues en long sur une de large; en avançant ils occasionnent un remous. On les
rencontre au mois de juin, à la hauteur
des îles Shetland; de là ils s'avancent vers
les îles Orcades, après quoi ils se divisent,
embrassent la Grande-Bretagne et l'Irlande, et se réunissent de nouveau vers
le cap Land's-end, en septembre. Ils tour-

nent vers le sud-ouest, et se dirigent vers les côtes de l'Amérique. La colonne se partage encore au bout de quelque temps, et tous ces poissons entrent en quantités innombrables dans les baies et les criques; vers la fin d'avril, le vieux poisson retourne à l'Océan, et arrive au mois de mai à la hauteur de Terre-Neuve. C'est ainsi que ces hordes voyageuses exécutent à époque fixe leurs singulières pérégrinations, abordant aux mêmes côtes et nourrissant, chemin faisant, les populations dont elles visitent les côtes. On a calculé que la génération d'un seul hareng qu'on laisserait se multiplier sans obstacle pendant vingt années, formerait une masse seize fois aussi grosse que la terre.

Il y a d'autres espèces de harengs plus petits qui remontent nos fleuves au commencement de novembre pour les abandonner en mars.

L'ESTURGEON. — Sa taille et la délicatesse de sa chair lui ont valu le nom de poisson royal : il atteint quelquefois une

longueur de six mètres, et pèse jusqu'à
cinq cents livres ; il y en a même d'un
poids plus considérable, surtout dans la
mer Caspienne ; mais dans nos parages ses
proportions sont plus réduites. Il habite
ordinairement l'eau de mer, ce qui ne
l'empêche pas toutefois de remonter les
fleuves à certaines époques de l'année. La
tête en est allongée et terminée en pointe ;
ses yeux, très-petits, sont placés près des
ouïes ; sa bouche est petite, dénuée de
dents et même de mâchoires osseuses. Le
corps est long, pentagonal et couvert de
rangées de tubercules consistants ; entre
l'extrémité de la bouche et du nez se trouvent quatre appendices allongés ayant la
forme d'un ver, et au moyen desquels on
croit que l'esturgeon arrête sa proie. Les
œufs d'esturgeon, ou le caviar, sont pour
les Russes l'objet d'un trafic considérable.
Ces poissons, malgré leur grosseur, peuvent sauter à une grande hauteur ; ils font
tant de bruit en retombant qu'on les entend à une certaine distance. Quelquefois

ils engloutissent dans leur chute les petits
canots des Indiens ; aussi n'en approche-
t-on, dans certains parages, qu'avec de
grandes précautions.

La LAMPROIE habite aussi les eaux salées et l'eau douce. Sa forme est celle
d'une anguille, et elle pèse de deux à trois
kilogrammes. Ce poisson est très-estimé.
La mort de Henri I⁰ʳ d'Angleterre a été
attribuée à une indigestion de lamproie.
Comme le rémora, elle a la propriété de
s'attacher aux corps solides ; mais c'est
uniquement en y appliquant ses lèvres et
en aspirant l'air. La Severn est renommée pour ses lamproies, et la ville de Glo-
cester est tenue, d'après un ancien usage,
d'offrir au roi, à Noël, un pâté de ce poisson. Ce n'est pas une chose facile, à cause
de la saison, qui met souvent la corpora-
tion des pêcheurs dans un grand embar-
ras.

CHAPITRE VI.

Nous avons décrit en peu de mots les
habitants les plus considérables de l'Océan
et plusieurs espèces de poissons qui se
distinguent par quelque circonstance particulière, surtout dans leurs rapports avec
les besoins de l'homme. Avant de nous
occuper des reptiles, des insectes et des
vers, qui méritent une mention à part,
nous dirons quelques mots de certaines
espèces de poissons qui ont fixé l'attention des naturalistes. Les requins ouvri-
ront cette série; leur forme, leur taille et
leur voracité leur assignent un rang émi-
nent parmi les hôtes de l'Océan. Au lieu

d'ouïes, ils ont de quatre à sept ouvertures
destinées à la respiration, et ménagées de
chaque côté du cou. Ils se rencontrent
dans toutes les mers ; leur longueur atteint vingt, trente pieds, et même davan-
tage.

Le REQUIN BLANC. — Celui-ci est le plus
gros de tous, et sa gloutonnerie est en
raison de sa taille. On en a vu qui pesaient
quatre milliers, et dont le gosier pouvait
avaler un homme : c'est ce qui a fait supposer à quelques personnes que ce poisson avait avalé le prophète Jonas. Ce
monstre a six rangées de dents très-fortes,
tranchantes et pointues ; il peut à volonté
les faire sortir ou les rentrer, et il semble
prendre plaisir au premier de ces exerci-
ces lorsqu'il est dans le voisinage de sa
proie. La gueule du requin est reléguée si
bas qu'il est obligé de se tourner un peu
sur le côté pour saisir quelque chose, ce
qui donne aux autres animaux la chance
de lui échapper quelquefois. La vue du requin blanc avec ses mâchoires béantes,

ses yeux farouches, ses nageoires larges
et soyeuses qui s'agitent comme la crinière d'un lion, est en effet quelque chose
de terrible. Il est très-friand de chair humaine ; aussi est-il dangereux de se baigner dans les parages qu'il fréquente.

Le requin frileux, ainsi appelé parce
qu'il a l'habitude de se tenir à la surface
de l'eau, est, malgré sa taille, beaucoup
moins dangereux que le requin blanc. Il
se laisse même toucher et frapper sans
se mouvoir. Il fréquente nos mers durant
l'été, et on le rencontre surtout sur les
côtes d'Écosse et du pays de Galles. Le
foie d'un de ces animaux pèse jusqu'à
mille livres; on en tire une huile très-es-
timée.

Il y a une autre espèce qu'on appelle
requin à tête de marteau ou requin à ba-
lance. La tête a la forme d'un marteau;
on le pêche dans la Méditerranée, mais il
n'y est pas commun.

Le TRACHINUS VIPERA, ou raie à piquants, est un poisson déprimé, presque

circulaire ; sa queue est armée de piquants aigus, dont les blessures sont très-doulou-reuses. Les anciens naturalistes croyaient que ce poisson était muni d'un venin as-sez actif pour dissoudre même des pier-res ; il est plus probable que les déchiru-res faites par ses piquants produisent une grande inflammation, et que tout le reste est controuvé.

Le POISSON VOLANT. — On donne ce nom à plusieurs espèces de poissons dont les nageoires sont disposées de telle sorte qu'ils peuvent se soutenir en l'air pen-dant quelque temps. Celui qu'on appelle communément poisson volant, et que représente la gravure, est long d'environ six pouces, et il ressemble assez au ha-reng. Ses nageoires supérieures sont si longues, que lorsqu'il les couche le long de son corps elles s'étendent jusqu'à la queue.

Le poisson volant a beaucoup d'enne-mis dans l'eau comme dans l'air ; mais sa double faculté de nager et de voler lui

offre toujours la chance d'échapper aux uns
et aux autres. Son vol excède rarement
soixante ou quatre-vingts mètres ; cependant il peut le renouveler en plongeant
ses nageoires dans l'eau lorsqu'elles deviennent trop sèches. On voit souvent ces
poissons s'élever en troupes de l'Océan,
mais ils se fatiguent facilement ; et dans
la mer du Sud ils s'abattent fréquemment
à bord des navires.

Les poissons dont nous allons parler
sont moins connus, et leur forme, quoique peu agréable, n'en est pas moins di-
gne d'attention.

L'HIPPOCAMPUS est quelquefois appelé
cheval de mer, dénomination qui a été
appliquée à plusieurs autres espèces. Sa
longueur ne dépasse pas quelques pouces;
son corps ressemble à une chenille, mais
sa tête n'est pas sans rapport avec celle du
cheval : le corps, comme celui de la chenille, est composé d'anneaux d'où s'élèvent des poils raides ou des pointes; on
assure qu'après la mort de l'animal, sa

queue conserve la même position qu'on lui avait donnée avant qu'il n'expirât. On le pêche dans la Méditerranée.

Le CYCLOPE (terus lampus) n'a point d'écailles, mais il est recouvert d'une peau rude ; sa bouche est large et garnie d'un grand nombre de petites dents. Il s'attache avec force aux rochers et aux autres corps durs. On le prend quelquefois sur les côtes d'Angleterre et de France ; la chair en est peu estimée.

Le LOUP DE MER, auquel sa voracité a fait donner ce nom, ne se trouve que dans les mers du Nord ; ses dents sont si fortes et si dures, que, s'il s'attaque à l'ancre d'un navire, on entend résonner le métal, et que le fer porte l'empreinte de ses morsures. Il parvient à une longueur de deux mètres ; on en a pris quelquefois de plus petits sur les côtes d'Angleterre.

Le SQUATINA-ANGELUS est classé tantôt parmi les poissons plats, tantôt parmi ceux dont le corps est allongé. Sa taille est de près de deux mètres ; ses nageoires supérieures ressemblent à des ailes, ce qui lui a fait doner par quelques personnes le nom d'ange.

Le DIABLE DE MER a été ainsi nommé à cause de sa laideur; c'est le lophius pis-catorius de Cuvier.

L'espèce appelée aussi TÊTE DE MORT a la tête presque aussi large que le corps, avec une bouche d'une dimension extraordinaire. La gravure en donnera une idée plus exacte que toutes les descriptions. Sa chair, lorsqu'elle est bouillie, a, dit-on, le goût de celle du porc.

Le SERPENT DE MER a beaucoup de ressemblance avec l'anguille. Il y en a une espèce que l'on pêche dans la Méditerranée, dont la chair est très-délicate, quoique pleine d'arêtes. On a beaucoup parlé d'un serpent de mer dont la longueur aurait plusieurs centaines de pieds, et qui, en se jetant sur les vaisseaux, aurait assez de force pour les submerger, mais les té moignages sur lesquels reposent ces récits

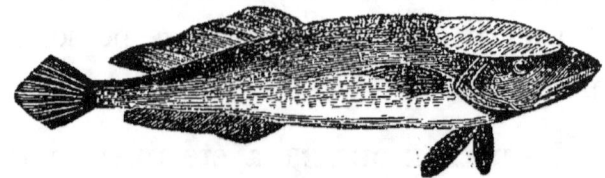

Le Rémora. (P. 91.)

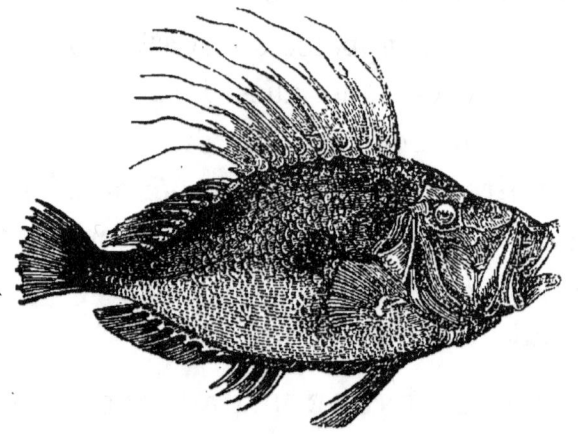

La Jaune dorée. (P. 92.)

Le Chétodon. (P. 94.)

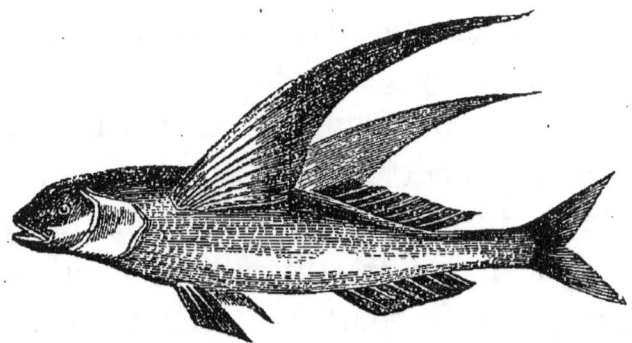

Le Poisson volant. (P. 107.)

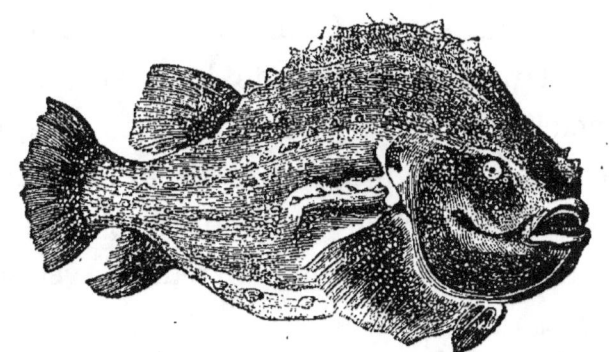

Le Cyclope. (P. 109.)

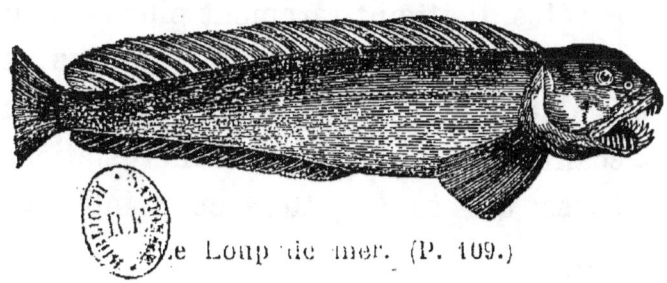

Le Loup de mer. (P. 109.)

ne paraissent pas assez irrécusables pour
qu'on puisse y ajouter foi.

L'ORTHAAGORISCUS-MOLA, que les Anglais appellent *soleil*, se trouve dans
l'Océan du Nord et dans la Méditerranée.
Il a une figure très-singulière; mais son
corps, large et court, est terminé par une
nageoire circulaire, de sorte qu'on dirait
la tête d'un gros poisson séparée de son
corps. Il a souvent soixante-sept centimè-
tres dans sa plus grande longueur, quelquefois beaucoup plus, et il pèse jusqu'à
cent kilos. Il n'a point d'écailles, mais
il est recouvert d'une peau dure et rude;
sa tête ne fait aucunement saillie avec son
corps.

L'ASPIDOPHORUS-EUROPEUS est un petit
poisson qui est extrêmement commun sur
nos côtes. Il atteint rarement plus de cinq
pouces. La tête est large, osseuse et
inégale; le corps est octogone, dépourvu
d'écailles, mais recouvert d'incrustations
osseuses qui se projettent en pointes aiguës.

LYRA est le nom d'un poisson qu'on pê-
-he dans la Méditerranée, et qui n'est pas
rare sur les marchés de Rome. Son corps
est flexible, rond, doux au toucher, nuancé
de jaune, de bleu et de blanc. Le bleu est
du plus riche azur et d'un éclat inexpri-
mable.

Le PORC-ÉPIC indique assez par sa dénomination qu'il est revêtu de piquants.
Sa longueur ordinaire est entre douze et
vingt pouces; son corps, très-ramassé,
est couvert d'une peau blanchâtre garnie
de pointes fortes et aiguës; l'ouverture
de la bouche est très-large. On le trouve
dans les parages qui avoisinent le cap de
Bonne-Espérance.

Nous laisserons maintenant les poissons pour examiner une autre classe d'animaux qui habitent aussi l'Océan, mais qui
fréquentent les rivages; ce sont les animaux amphibies.

Les TORTUES appartiennent à cette espèce; elles ont le privilége de porter toujours avec elles leur demeure, où elles

trouvent à la fois abri et sécurité. C'est
une armure complète, parfaitement adap-
tée à leur taille ; elle consiste en deux
parties assez semblables à deux plats su-
perposés l'un sur l'autre, et dont les bords se
toucheraient. Il n'y a d'ouverture que tout
juste ce qu'il faut pour l'aisser passer la tête, la queue et les pieds. Elles ont la faculté
de rentrer la tête dans leur coquille toutes
les fois que le danger le requiert. La tête
est petite, dépourvue de dents, mais
ayant à la place un appareil osseux. Les
mâchoires sont d'une force extraordinaire.
Lorsqu'une fois la tortue les tient fer-
mées, aucun effort humain ne pourrait les
ouvrir. Les pieds sont courts, et d'une
telle vigueur, qu'on a vu marcher des tortues avec une charge de cinq hommes sur
leur dos, et cela sans difficulté. Celles qui
habitent sur terre et dans les eaux douces
se nourrissent en général de vers, de
limaçons et de menus poissons. Les tortues de l'Océan se nourrissent de plantes
marines ; on compte trente-six espèces de

tortues, dont quatre appartiennent à la
mer ; trois espèces seulement méritent une
mention particulière.

La TORTUE VERTE. — La tortue verte a
jusqu'à six pieds de longueur ; elle pèse
de cinq à six quintaux. On en a vu une
qui avait six pieds de largeur sur quatre
d'épaisseur ; un enfant de dix ans navigua
pendant assez longtemps, et fort commo-
dément, dans son écaille supérieure, qui
lui servait de bateau. La tortue verte,
ainsi appelée à cause de la couleur de sa
chair et de sa graisse, abonde sur le rivage des mers du Tropique, dans l'Ancien
et le Nouveau Monde. Là, des champs
spacieux d'herbes marines, dont la tortue aime à se nourrir, occupent le fond
d'une mer limpide : ces animaux y pais-
sent à loisir, et on les voit à travers les
vagues broutant ces herbes marines comme le fait le bétail sur nos collines ver-
doyantes. Elles vivent entre elles paisible-
ment au sein de cette abondance. Quelquefois elles se retirent dans les eaux

douces vers l'embouchure des grands fleuves ; là on les voit flotter, élevant leur
tête au-dessus de la surface. Dans ces parages, elles ont la conscience des dangers
qu'elles courent, et elles plongent au moindre bruit.

C'est généralement au mois d'avril que
ces animaux fréquentent les rivages et
qu'ils y déposent leurs œufs dans le sable.
Le diamètre d'un œuf de tortue est de
deux ou trois pouces, la forme en est presque sphérique. Elles pondent jusqu'à cent
œufs, à des intervalles différents. Pour
prendre ces amphibies, on se contente de
les renverser sur le dos, le poids de leur
coquille les empêchant de reprendre leur
position naturelle. Quelquefois cette opération demande les forces réunies de plusieurs personnes. Je regrette de dire que
les hommes se montrent souvent cruels,
et cela gratuitement; ils laissent ainsi
périr, d'une mort lente, des tortues qu'ils
ne peuvent emporter. La chair de ces animaux est un objet de luxe même sur la

table des riches; on estime surtout les
tortues qu'on apporte des îles des Indes
occidentales. Il y en a une espèce qu'on
trouve dans les mêmes parages et dans
la Méditerranée. On l'appelle tortue voya-
geuse, parce qu'elle s'éloigne du rivage
à une distance de sept à huit cents lieues.
Ces animaux sont d'une grosseur et d'une
force remarquables, ils se défendent jusqu'au dernier moment lorsqu'on les attaque. Ils peuvent couper en deux un bâton
assez gros, et cela sans difficulté, et d'un
seul coup. S'ils mordent quoi que ce soit,
il est presque impossible de leur faire lâcher prise. Leur nourriture consiste surtout en coquillages, et quand la faim les
presse, ils attaquent jusqu'à de jeunes
crocodiles. Leur chair est rance, et les Européens n'en font aucun cas.

La tortue coriace est la plus grosse
que l'on connaisse; quelques-unes ont
jusqu'à huit pieds de long, et pèsent environ mille livres. On en a pris une de
cette espèce près de l'embouchure de la

Loire ; elle avait sept pieds de longueur, et, lorsqu'on la prit, elle poussa un cri qui s'entendit à un quart de lieue de là, et elle exhala de sa bouche une vapeur nauséabonde.

CHAPITRE VII.

Coquillages.

Les coquillages occupent un rang dis-
tingué parmi les productions les plus remarquables de la nature; leur description et leur classification appartiennent à
une science appelée conchyliologie. Les
naturalistes diffèrent entre eux dans la
manière de les classer : quelques-uns
distinguent les diverses espèces d'après la
forme et les mœurs de l'animal qui occupe
la coquille ; d'autres les désignent par les
caractères qu'offre la substance solide qui
les enveloppe et les protége. Ce dernier
mode répond mieux à notre plan, et se
rattache plus exactement au sens du mot

conchyliologie, qui signifie proprement la
science des coquilles.

Cette branche de l'histoire naturelle
offre un attrait particulier à la jeunesse;
elle réunit à la variété et à l'élégance des
formes le brillant des couleurs et les détails du dernier fini. Nous espérons que
ce que nous allons en dire pourra enga-
ger quelques-uns de nos lecteurs à chercher dans les traités spéciaux des connaissances plus complètes. Les gravures
présentent un spécimen de trente-sept
genres ou familles; nous allons essayer
d'en expliquer les noms en disant quelques mots et sur la coquille et sur l'hôte
qui l'habite.

. Linnée, Bruguières et M. de Lamarck
se sont occupés de la classification des
testacés, du mot latin *testa*, croûte, enveloppe solide. Lamarck, en particulier,
est l'inventeur d'un système qui paraît
devoir remplacer tous les autres. C'est à
ses ouvrages que nous conseillons de re-
courir si l'on veut bien connaître les mol-

lusques et leurs riantes habitations. Le mot mollusque est emprunté au latin *mollis,* mou, parce que ces animaux sont d'une substance molle, et qu'ils n'ont ni os ni arêtes.

Les naturalistes emploient souvent les mots testacés et crustacés ; les testacés ont une partie de leur corps attachée à la coquille : tels sont les limaçons de nos jardins. Les crabes et les écrevisses de mer ou homards, sont des crustacés, parce que leurs corps sont couverts d'une espèce d'armure, dont les différentes pièces sont adaptées à chacun de leurs membres.

Il y a trois classes ou divisions dans les coquilles, et elles se subdivisent en un grand nombre de familles, d'espèces et de variétés. La première de ces classes renferme les coquilles qui sont formées d'une seule pièce ou d'une valve. On les appelle pour cette raison *univalves.* La seconde renferme les coquilles à deux valves ou les *bivalves ;* enfin, dans la troisième

sont rangées toutes celles qui ont plus
de deux valves, et qu'on nomme *multi-*
valves.

Comme un grand nombre de coquilles
se trouvent dans les rivières aussi bien
que dans la mer, et que quelques-unes ne
se trouvent que dans les rivières, nous
avons cru devoir dépasser les limites de
notre titre, qui n'annonçait que les productions de l'Océan.

UNIVALVES. — L'ARGONAUTE-ARGO. —
On suppose que cet animal a donné le
premier à l'homme l'idée d'employer les
voiles; et c'est sans doute pour cette raison qu'il porte le nom du premier vaisseau
qui se soit aventuré sur la mer, celui dans
lequel Jason et ses compagnons allèrent à
la conquête de la Toison-d'Or, 1263 ans
avant J.-C.

La coquille est de forme spirale, et
presque aussi mince que du papier ; on ne
croit pas que le mollusque qui la gouver-
ne, et qui n'y est point attaché, ait fabri-
qué lui-même cette machine.

L'argonaute rampe sur ses longs *ten-tacula* ou sur ses bras, la quille du coquillage étant tournée en-dessus lorsque l'animal est au fond de la mer. Dans les temps calmes, il s'élève à la surface en dégageant une certaine quantité de fluide qui le rendait plus pesant que l'eau de la mer; dans cette position, il étend deux de ses bras, dont chacun est garni d'une membrane ovale qui fait l'office de voiles; ses autres bras, qui sont au nombre de six, pendent le long des flancs du coquillage, et servent de gouvernail et de rames. L'argonaute n'est pas facile à prendre; à la moindre alarme, il plie ses voiles, rentre dans l'eau en retournant sa coquille, et plonge au fond.

Le NAUTILUS-POMPILIUS. — Ce coquillage est beaucoup plus gros que celui que nous venons de décrire; il en diffère en ce que l'intérieur de sa coque est partagé en un grand nombre de cellules que traverse un long tube ou siphon. Il flotte sur l'eau comme l'argonaute, mais ses tentacules, sont plus nombreux. Il est commun dans les mers des Indes, d'où on l'apporte en Europe pour figurer dans les cabinets des amateurs ou dans les ornements de joaillerie. Dans l'Orient, on en fait des coupes qu'on embellit d'ornements curieux et de sculptures. En grec, le mot nautilus signifie navigateur.

Le CONUS ou *cône* est ainsi appelé de sa forme; ce genre est peut-être le plus beau et le plus varié de tous les univalves; et les individus les plus précieux lui appartiennent. Les cônes fréquentent les mers des climats chauds, et se trouvent à une profondeur de dix à douze brasses.

Le CYPRÆA est un coquillage uni, luisant, agréablement nuancé, et couvert de marques quelquefois symétriques; il est surtout remarquable par la variété de son aspect dans les différentes périodes de son accroissement. Lorsqu'il est jeune, il serait difficilement reconnu par un observateur inexpérimenté. Lamarck rapporte

9

que le mollusque du cypræa continue à grossir quoique sa coquille soit déjà complète. Lorsqu'il trouve son habitation trop étroite, il la quitte pour s'en construire une nouvelle. On en trouve assez souvent, et de différentes grandeurs, dont l'aspect semble appuyer l'opinion de Lamarck. La gravure représente le *cypræa-tigris*.

La BULLA ou *bulle*. — Cette coquille a la forme d'un œuf; en général elle ressemble assez au cypræa et à quelques espèces que nous n'avons pas encore décrites, pour qu'il ne soit pas facile de les distinguer.

La VOLUTE explique son caractère par sa dénomination; elle est pour ainsi dire roulée sur elle-même et de forme cylindrique. Une des lèvres de l'ouverture est plissée.

Le BUCCINUM ou *trompette*. — Le premier de ces noms est emprunté du grec, et signifie une trompe ou un cor. Les anciens se servaient de ce coquillage, dont ils tiraient des sons, après avoir brisé

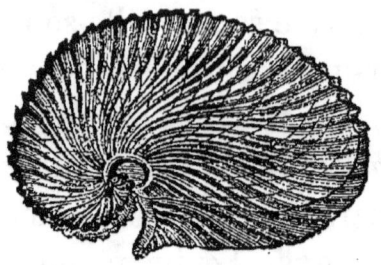

L'Argonaute-Argo. (P. 121.)

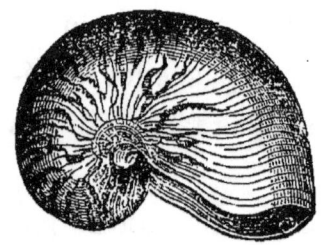
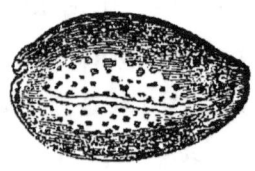

Le Nautilus-Pompilius. (P. 122.) Le Cypræa-Tigris. (P. 124.)

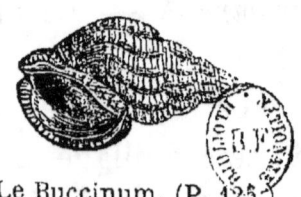
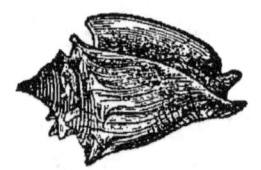

Le Buccinum. (P. 125.)   Le Strombus. (P. 125.)

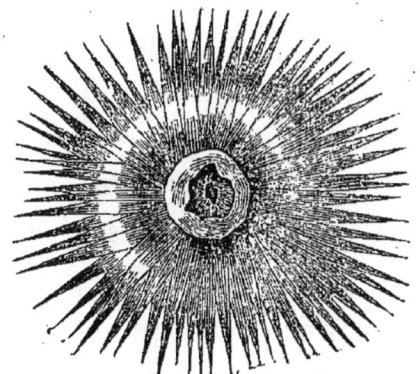

L'Anémone de mer. (P. 147.)

Le Trochus. (P. 126.)

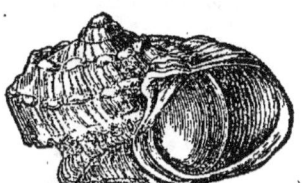

Le Turbo. (P. 126.)

Le Souci de mer. (P. 147.)

l'extrémité pour former l'embouchure. Cet instrument était en usage chez les bergers.

Le buccinum *purpura*, qui appartient à cette famille, fournissait aux Romains leur belle pourpre de Tyr; cette substance était si précieuse, qu'une livre de laine teinte en pourpre valait de sept à huit cents francs de notre monnaie. Cette couleur fut d'abord portée par les magistrats; mais bientôt, à cause de sa rareté, elle fut réservée aux seuls empereurs. La pourpre était aussi fournie par le murex. Le *buccinum-undatum*, ici représenté, est originaire de la Grande-Bretagne.

Le STROMBUS se trouve communément dans les Indes occidentales. L'individu qu'indique la gravure est le *strombus-pugilis*, ou à piquants.

Le MUREX est ainsi appelé à cause de sa forme rocailleuse. Quelques-unes de ses variétés sont d'une grande beauté, et particulièrement le murex-ramosus.

Le TROCHUS. — Les caractères de ce
genre ne sont pas distinctement définis.
L'helix a beaucoup de variétés qui se ressemblent, et que l'étude apprendra seule
à reconnaître. Notre spécimen offre le
trochus-niloticus, originaire d'Amboine. Il
y a un coquillage de la même famille
qu'on rencontre assez souvent adhérent à
de petits coquillages, à des pierres ou à
des fragments de coquilles. On n'a pas
encore expliqué la cause de ce phénomène, que les uns attribuent à une substance gluante, d'autres aux mœurs pacifiques de l'animal, qui permettent à d'autres de s'attacher à sa demeure.

Le TURBO ou *turban.* Ce coquillage offre
beaucoup de rapports avec le trochus;
l'ouverture ou la bouche du turbo est
ronde, ou quelquefois un peu ovale; la coquille est de forme spirale, comme son
nom l'indique. Le spécimen ci-joint représente le *turbo-marmoratus,* ou marbré,
qui se trouve dans la mer du Sud.

L'HELIX ou *limaçon.* — Le mot *helix* si-

gnifie une ligne spirale, et l'examen de ce
coquillage prouve que cette dénomination
est motivée. Les individus de cette famille
ont leur coquille mince et en partie
transparente. On les trouve presque par-
tout, sur le sol, dans les rivières et dans la
mer. Il faut remarquer toutefois que ceux
qui habitent l'Océan ont une enveloppe
dure et consistante qui leur permet de
résister aux mouvements des vagues,
tandis que les limaçons de rivières ont
une couverture fragile; quant à ceux qu'on
trouve sur la terre et dans les fossés, leur
maison est si délicatement construite,
qu'elle cède et se rompt à la moindre pression. On trouve généralement les limaçons dans les lieux humides. Durant l'hiver ils se retirent dans les crevasses des
vieux murs et des rochers, ou sous l'écorce
des arbres; là, ils se préparent à un état
d'engourdissement, et ferment l'ouverture
de leur coquille au moyen d'une substance
glutineuse qui forme comme un couver-
cle. Dans les climats où la végétation

n'est pas interrompue, le limaçon n'hiverne point. La grande espèce, très-abondante, est nommée *helix pomatia* ou limaçon de table. Dans l'antiquité, les hommes s'en nourrissaient. Les Romains en consommaient une grande quantité; ils avaient plusieurs manières de les engraisser. A Paris, et dans quelques autres villes, ils se vendent au marché, mais non comme un article de table; on en fait des bouillons pour les personnes attaquées de phthisie.

La NÉRITE ou *sabot de cheval.* — Ce nom est probablement dérivé d'un mot grec qui signifie *creux.* La beauté de ce coquillage est très-remarquable. On distingue la *nerita-peloronta,* ou à bandes de pourpre. Il y en a de fort agréablement émaillées. Vue d'un certain point, l'ouverture du coquillage offre l'aspect d'un sabot de cheval.

L'HALIOTIS ou *oreille de mer.* — Ce coquillage est percé de plusieurs trous, et c'est au travers de ces ouvertures que l'a-

nimal étend ses tentacules, qui lui servent
à saisir sa nourriture ou à arrêter sa
proie. Il adhère aux rocs, et ce n'est qu'a-
vec peine qu'on l'en détache. L'*haliotis-
tuberculata* se rencontre sur les rivages
de France et d'Angleterre.

La PATELLA. — Ce mot signifie un petit
plat. L'animal se fixe aux rochers que bai-
gne et abandonne tour à tour la marée.
Il jouit de la faculté de locomotion, mais
il se meut avec beaucoup de lenteur, et il
met un temps considérable à passer d'un
rocher sur un autre. Sa force d'adhérence
est si considérable, qu'on rompt souvent
la coquille en essayant de l'enlever; mais
s'il se laisse surprendre, on le détache
dans un état parfait de conservation.

Le DENTALIUM ou *défense*. —Le *denta-
lium-elephantinum* ou défense d'éléphant,
se trouve enfoncé dans le sable. On assure
que le mollusque qui l'habite peut se
retirer, à la moindre apparence de danger,
à l'extrémité la plus étroite de son habitation.

BIVALVES. — Le MYA ou *bâilleur* se trouve sur nos rivages. Ce coquillage a plus de développement en largeur qu'en longueur; il est ordinairement entr'ouvert à l'une et à l'autre extrémités. On le trouve enfoncé dans la vase ou dans le sable. Il y a une espèce dans cette famille qui produit des perles.

Le SOLEN, *rasoir* ou *gaîne*. — Ce coquillage est d'une forme allongée, entr'ouvert à ses extrémités. Il pénètre perpendiculairement dans le sable, à une certaine profondeur, pour y chercher sa nourriture; sa forme ressemble assez à un manche de rasoir, et elle convient parfaitement à la position perpendiculaire dont nous venons de parler.

Le TELLEN ressemble beaucoup à l'espèce des vénus, et se rapproche aussi, pour certains caractères, du genre *cardium*. Il faut un coup d'œil exercé pour ne pas les confondre. On le trouve souvent dans le sable des rivages de la mer ou des fleuves, et dans les fossés inondés. Le *tellina-radiata* vient de l'Amérique méridionale.

Le CARDIUM a la forme d'un cœur, et ce rapport a fait donner cette dénomination à la famille des pétoncles. Le caractère qui distingue le cardium des genres tellina et vénus, c'est que les sillons divisent l'écaille en longueur et non en largeur. La chair de ce mollusque est assez bonne. On en pêche des quantités considérables sur les côtes de l'Angleterre, de l'Irlande et de la Hollande.

Le MACTRA ou *huche*. — Les naturalistes ne sont pas d'accord sur l'origine de ce mot. La charnière de ce coquillage mérite quelque attention. Il est assez commun sur nos rivages.

Le DONAX ou *coin*. — Ce mot est dérivé du grec et signifie une flèche. La forme ressemble à un coin : elle permet à l'animal de s'enfoncer dans le sable. On lui a donné le nom de flèche, soit parce qu'il pénètre dans le fond, soit plutôt parce que les anciens en armaient la pointe de leurs dards.

Les VÉNUS doivent cette dénomination à la beauté de leur forme et de leur couleur. En général, les individus de cette famille offrent une grande ressemblance avec ceux des genres tellina et cardium. La différence existe dans la charnière, qui, dans les bivalves, sert à distinguer le plus grand nombre des familles. On rencontre les vénus dans presque toutes les mers; elles aiment à s'enfoncer dans les sables. La *vénus-dioné* vient de l'Amérique du Sud.

Le SPONDYLUS, ou *huître à piquants*, a la coquille rude et garnie de fortes pointes. Il s'attache fortement aux rochers de l'Océan. Cette espèce se rapproche de celle des huîtres, et n'en diffère que par ses tubercules ou piquants. On pêche les spondylus en grand nombre dans la Méditerranée. Les habitants des rivages en mangent la chair; on appelle quelquefois

ce mollusque l'artichaut. La dénomination de spondylus vient du grec, et signifie assez souvent en cette langue la partie
de l'artichaut qui est terminée par des
pointes. Cependant ce terme veut dire
proprement articulation ou vertèbres.
Le spondylus-gœdaropus vient d'Amboine.

Le CHAMA s'attache aux rocs et aux
substances dures au moyen d'un byssus
ou d'une barbe qu'il projette de sa coquille. Dans cette position, il peut résister à l'action des vagues; il est tiré des
Indes orientales.

L'ARCHE. — Une des espèces de cette
famille a été nommée arche de Noé à cause
de sa forme. Tous les individus du genre
arche ne se ressemblent point; on les distingue par les dispositions particulières
de la charnière. Les autres caractères
varient considérablement.

L'OSTREA ou *huître*. — La coquille de
ce mollusque est rude et d'un aspect peu

agréable; toutefois, quelques-unes sont
colorées. Les huîtres se trouvent sur un
assez grand nombre de rivages, et particulièrement en France. Ces animaux s'attachent aux rochers, aux pierres isolées,
ou les uns aux autres. Les huîtres de la
Grande-Bretagne étaient très-estimées
chez les Romains. Juvénal le satirique
parle d'un sénateur romain qui pouvait
distinguer de suite la saveur des huîtres
venues de Richborough, sur le rivage de
Kent, de toutes les autres. Pline parle
aussi dans son histoire naturelle des huîtres de la Grande-Bretagne; cependant il
donne la préférence à celles de Cyzique;
mais Ausone, auteur du quatrième siècle, qui passe en revue les meilleures,
donne aux huîtres de Bretagne le premier
rang.

Ce coquillage, qui paraît condamné au
repos par la nature, peut cependant se
mouvoir dans certaines limites. En accu-
mulant la vase, il parvient à s'élever, et
attend patiemment que la marée renverse

cette base et le fasse ainsi changer de position. Il existe une variété qui a la forme
d'un marteau, et une autre qui ressemble à une feuille séchée, et qu'on appelle
ostrea-folium.

Les PECTEN sont des coquillages d'une
grande beauté, qui ont sur les espèces que
nous venons de décrire l'avantage d'ouvrir leur enveloppe avec assez de force
pour s'élever de plusieurs pouces hors
du sable et s'avancer dans la mer. En outre, le pecten peut se mouvoir sur la surface de l'eau à peu près comme le ferait
un vaisseau. Quand la mer est calme, on
voit surnager de petites flottes de pecten ;
ils élèvent une de leurs palmes qu'ils
gouvernent comme une voile, tandis que
l'autre forme la quille de l'embarcation. A
l'approche d'un ennemi, ils ferment immédiatement leur pont et plongent au fond.
On les appelle pecten à cause de la ressemblance qu'offre leur coquille avec la
disposition des dents d'un peigne. Le
pecten-opercularis se trouve sur nos rivages.

L'ANOMIA ou *lampe antique.* — L'étymo-
logie de ce mot remonte aussi à la langue
grecque, et signifie une déviation de la
loi. Les individus de la famille anomia
diffèrent tellement entre eux, qu'il est
difficile d'en préciser les caractères. Il y a
une espèce qui ressemble à une lampe antique ; mais ce qui leur appartient généralement, c'est une ligature qui traverse
une perforation de la coquille, et au moyen
de laquelle l'animal s'attache plus facilement aux rocs et aux autres substances.

Le TEREBRATULA. — Les coquillages de
ce genre ne se rencontrent que rarement
vivants. Ils se fixent aux rochers, et à
une certaine profondeur sous les eaux, ce
qui fait qu'on les prend difficilement et
que leurs mœurs échappent aux investigations des naturalistes : aussi ne sait-on
que fort peu de chose de ce qui les con-
cerne. A l'état fossile, on en trouve en
grande quantité. Linnée les a placés dans
le genre anomia. Les valves sont équila-
térales, mais la valve inférieure est la

plus petite ; la supérieure a cela de particulier, qu'elle ressemble plus ou moins à
un hameçon. Cet hameçon est sillonné de
cannelures, dont les arêtes, se réunissant
à l'extrémité, y forment une ouverture;
c'est ce qui les a fait nommer terebratula,
c'est-à-dire forées, du mot latin terebratus,
qui a cette signification.

Le MYTILUS ou *moule*. — La coquille a
quelque chose de rude ; elle s'attache au
moyen d'une barbe spongieuse, aux rochers et aux coraux. Certains animaux
s'en nourrissent aussi ; les oiseaux les at-
trapent, et les singes leur donnent la
chasse d'une manière très-adroite. A la
marée descendante, ces coquillages restent souvent à découvert; les singes les
guettent à ce moment, et dès qu'une moule
s'ouvre ils s'en approchent avec précaution, et introduisent un caillou entre les
deux valves, ce qui empêche le mollusque
de se refermer.

L'UNIO-MARGARITIFERA ou *la moule à
perles*. — C'est de ces coquillages, qu'on

trouve dans les rivières et les lacs de l'Europe, et en plusieurs contrées de l'Angleterre, qu'on tire ces précieux ornements. Dès le temps de Jules César, l'Angleterre était renommée pour ses perles, et le désir de s'en procurer entra peut-être pour beaucoup dans la détermination de conquérir ce pays. Les perles, comme nous l'avons vu, doivent naissance à une maladie du mollusque, occasionnée par les chocs qu'il reçoit : c'est ce qui donne tant de prix aux perles régulières. Nous avons déjà parlé de celles que les plongeurs vont chercher au fond des eaux. Une seule coquille en renferme plusieurs, mais à peine trouve-t-on deux perles parfaitement semblables.

Le PINNA ou *l'aile de mer*. — Ce coquillage, très-développé d'un côté, se termine en pointe à l'extrémité opposée. Le byssus en est doux et soyeux, et l'on en fait des tissus. Cependant, comme il faut plusieurs coquillages pour fournir la matière d'une paire de gants, on ne peut considérer cette fabrication que comme un objet de curiosité. Le *pinna-ingens* se trouve 'sur les rivages de l'Écosse.

MULTIVALVES. — Le CHITON ou *cotte de mailles*. La forme de ce coquillage est ovale; il se compose communément de huit valves superposées comme des tuiles, mais affectant une forme convexe, et encerclées dans un bord. L'ensemble de cet appareil ressemble assez à un bouclier. Quelques auteurs ont classé cet animal parmi les poux de bois, à cause de sa ressemblance avec ces derniers, et plus encore parce que le chiton se meut de la même manière que l'insecte. Il s'attache aux rochers comme les patelles, et peut se transporter d'un lieu à un autre.

LES LEPAS. — Ces animaux sont munis d'un appareil creux, qui leur permet de se fixer aux corps durs. On les trouve souvent réunis en groupes. Ils ont la faculté de projeter leurs tentacules au-dessus de la surface de l'eau pour se procurer leur nourriture. Le mot lepas, en grec, signifie un roc.

Le PHOLAS ou *perce-pierre*. — Dans sa
jeunesse le pholas peut percer des charpentes, des fragments de roc et d'autres
pierres ; et on le voit agrandir son habitation pour la proportionner à sa croissance.
On croit qu'il parvient à pénétrer dans
ces corps durs par le frottement de sa coquille, à laquelle il imprime un mouvement circulaire. Un fluide phosphorescent
se dégage de son corps et illumine les
objets qu'il touche.

Le TEREDO ou *perforeur*. — La structure de cet animal est des plus curieuses
et correspond admirablement à la mis-
sion que lui a donnée la nature. Le te-
redo-navalis ou ver de vaisseau, est un
ennemi dangereux des navigateurs. Il
attaque les bois les plus durs, si l'on n'a
pas eu la précaution de les goudronner
ou de les doubler en cuivre. Il y a des
vaisseaux que le terredo-navalis a endom-
magés de manière à y déterminer une
voie d'eau. Les Hollandais redoutent ce
petit animal qui ruine leurs digues, et qui

les oblige à de continuelles réparations. Cependant si le teredo est funeste à l'homme, d'un autre côté il lui rend d'éminents services. Les débris de naufrages, les charpentes, les amas de substances végétales qui s'accumulent à l'embouchure des rivières, finiraient par gêner la navigation, si le ver perceur, par ses travaux assidus, qui minent ces obstacles dans tous les sens, ne les empêchait de prendre de la consistance et ne les forçait à céder aux courants. Il serait difficile d'expliquer d'une manière claire l'appareil de cet animal; on croit qu'il agit au moyen d'un fort muscle qui passe d'une valve à l'autre, et qui, en faisant tourner l'écaille sur elle-même comme une vrille, lui permet de pénétrer dans les bois les plus durs.

CHAPITRE VIII.

On a remarqué que la nature a moins prodigué les ornements aux animaux utiles à l'homme qu'à ceux dont il ne fait aucun usage ; aussi les coquillages dont il se nourrit sont presque tous d'une couleur peu agréable, et recouverts d'une rude enveloppe. Les crabes, les écrevisses de mer, les huîtres, les moules, les chevrettes, sont un objet important de consommation ; mais la beauté de leurs teintes et de leurs formes est en raison inverse de leur utilité.

Les CRABES vivent ordinairement dans la mer ; ils se nourrissent de plantes ma-

rines, de menu poisson et de corps morts.
Le crabe à pinces noires est remarquable
en ce qu'il renouvelle sa coquille et ses
pinces, qu'un accident lui a fait perdre.
Quand il se prépare à changer d'enveloppe,
ce qu'il fait une fois par an, il se retire
dans un creux de rocher, d'où il ne sort
que revêtu d'une armure neuve. A cette
époque, et pendant plusieurs jours, l'animal semble avoir la conscience de sa faiblesse; il paraît craindre de s'exposer au
moindre danger. Dès qu'une de ses pinces
a été brisée, la blessure saigne, et il donne
des signes d'une vive douleur; il agite
dans tous les sens le membre blessé, puis
il le tient entièrement immobile; la pince
fait entendre un faible craquement, et la
partie blessée se détache, comme elle aurait pu le faire à la suite de l'opération
chirurgicale la plus habile.

Le CRABE ERMITE n'a point de coquille,
mais seulement des pinces; néanmoins, il
ne souffre point de cet oubli de la nature,
l'instinct lui ayant appris à s'approprier

les dépouilles des autres espèces. C'est un fait dont il n'y a pas à douter. Il est curieux de voir l'ermite se promener sur le rivage, traînant à sa queue l'habitation de l'année précédente, et ne pouvant se résoudre à en faire le sacrifice avant de s'en être assuré une meilleure. Cette découverte faite, il se loge dans sa nouvelle enveloppe, bien qu'elle soit quelquefois si vaste que ses pinces s'y trouvent logées aussi bien que tout son corps; il arrive aussi que cette armure devient l'objet de la convoitise de plusieurs ermites : dans ce cas, comme dans les conflits humains, le plus faible est obligé de céder.

Les ÉCREVISSES DE MER, ou HOMARDS, abondent sur nos rivages; on les prend souvent avec la main; on leur tend aussi des piéges qui, à l'instar des souricières, laissent entrer l'animal sans lui permettre de ressortir. Il est à remarquer que les écrevisses de mer changent non-seulement d'écailles, mais d'estomac et d'intestins ; toutefois, ce renouvellement ne se fait que graduellement.

Les pinces des crabes et des écrevisses de mer ont une grande force ; quelquefois les pêcheurs se trouvent inopinément saisis par ces animaux, et ils ne peuvent leur faire lâcher prise qu'en arrachant le membre de l'animal. Les écrevisses courent avec vitesse au fond de l'eau ; elles peuvent sauter à de grandes distances, et se réfugient, à la moindre alarme, dans quelques crevasses de rochers, dont l'ouverture est juste la mesure de leur corps. Elles perdent leurs pinces à la suite d'une grande frayeur, occasionnée soit par le tonnerre, soit par la décharge d'un canon. Ces membres repoussent, mais ils n'atteignent pas leur développement primitif. Nous avons déjà vu que, lorsqu'une des pinces est endommagée, le homard s'en débarrasse. L'histoire naturelle de ces animaux offre les observations les plus curieuses.

Les CHEVRETTES et les LANGOUSTES res-

10

semblent beaucoup, pour la forme, aux
écrevisses de mer. On les trouve en grand
nombre parmi les plantes marines, et à
peu de distance du rivage. Elles nagent
ordinairement sur le dos ; mais, au moindre danger, elles se jettent sur le côté, et
sautent à reculons avec beaucoup de pres-
tesse. Leur nourriture consiste en petits
animaux de mer, et elles sont elles-mê-
mes la proie d'un grand nombre d'autres
espèces.

VERS DE MER. — Parmi les animaux
appelés VERS DE MER, la grande espèce
est particulièrement remarquable ; sa longueur est telle qu'il est presque impossible
d'en assigner les limites. Quant à sa grosseur, elle est entre celle d'un tuyau de
plume et celle d'un doigt. Les pêcheurs
tirent quelquefois de l'eau ces reptiles
avec d'autres poissons ; quelques-uns affirment qu'après avoir longtemps halé ces
vers comme un cordage, ils n'ont pu en
trouver la fin. On les rencontre quelquefois dans les bas-fonds, sous des pierres,

et entortillés dans des plis inextricables.
Ils ont la faculté de se contracter à un
point extraordinaire. On les trouve communément sur les côtes de Cornouailles.

Il y a plusieurs espèces de vers de mer
qui jouissent d'une propriété phosphorescente. Le *nereis* est un ver flexible, à
peine visible à l'œil nu; il est transparent
et d'une teinte vert de mer. Une coupe
d'eau de mer en contient des milliers; ils
s'attachent aux écailles des poissons et les
rendent lumineuses.

ANÉMONE DE MER, SOUCI DE MER. —
Plusieurs animaux de l'Océan offrent tant
de ressemblance avec le règne végétal,
qu'on a donné à quelques-uns des noms
de fleurs; tels sont les anémones de mer
et les soucis de mer.

L'ANÉMONE DE MER A COULEUR ROSE a
la forme d'un cône creux; au sommet se
trouve une ouverture à travers laquelle
s'échappent un grand nombre de tentacules flexibles, radiés comme les pétales
d'une fleur. C'est à l'aide de ces bras que

l'animal saisit sa proie, qui consiste en menu poisson.

Le SOUCI DE MER ressemble à la fleur dont il porte le nom. On le trouve, dit-on, à la profondeur d'un ou deux pieds, dans des ouvertures coniques de rochers. La couleur en est d'un jaune pâle, légèrement nuancé de vert; sa taille, comme sa forme, rappelle le souci de nos jardins. L'observateur qui a donné ces détails a essayé, à différentes reprises, de détacher un de ces animaux du roc, mais sans pouvoir y réussir : aussitôt que sa main s'approchait du souci de mer, il se contractait immédiatement, et se retirait dans le creux du roc; au bout de quelques minutes, il se montrait de nouveau, et s'épanouissait avec une sorte de complaisance. Du calice de cette fleur marine sortaient quatre antennes d'une couleur foncée, assez semblables aux pattes d'une araignée : ces espèces de bras avaient un mouvement rapide en sens divers.

CONCLUSION.

Dirons-nous, maintenant, que nous avons achevé notre tâche, et que nous avons passé en revue toutes les productions de l'Océan? Non, sans doute; car une seule goutte d'eau, examinée au microscope, nous révèlerait des milliers de créatures non moins curieuses, non moins variées, et où brille la sagesse providentielle au même degré que dans les espèces que nous avons fait connaître. Nous bornerons donc ici notre travail, en avertissant que nous avons dû négliger un assez grand nombre d'espèces, dont se sont occupés les naturalistes. Quant aux animalcules qui pullulent dans la mer et qu'on ne peut apercevoir à l'œil nu, nous espérons que ceux de nos lecteurs que ces données élémentaires auront intéressés, s'empresseront aussi de les étudier dans les traités spéciaux et scientifiques.

FIN.

TABLE.

—

CHAPITRE III.

CHAPITRE IV.

CHAPITRE V.

CHAPITRE VI.

CHAPITRE VII.

CHAPITRE VIII.

FIN DE LA TABLE.

Limoges. — Imp. E. ARDANT et Cⁱᵉ

www.ingramcontent.com/pod-product-compliance
Lightning Source LLC
Chambersburg PA
CBHW070904030726
47504CB00005B/1451